Viele Freunde,

kreuzen deinen Weg,

aber die wirklichen Freunde

hast du fürs Leben!

(Gaby Bergbauer)

Gaby Bergbauer

Die zwei Unbeugsamen

Die Geschichte in meinem Buch ist frei erfunden.

Die darin vorkommenden Personen sind rein fiktiv und stehen in keiner Verbindung mit lebenden Personen. Ähnlichkeiten sind rein zufällig und nicht beabsichtigt.

Impressum

Bibliografische Information der Deutschen Nationalbibliothek:
Die Deutsche Nationalbibliothek verzeichnet diese Publikation in der Deutschen Nationalbibliografie; detaillierte bibliografische Daten sind im Internet über http://dnb.dnb.de abrufbar.

© 2019 Gaby Bergbauer

weitere Mitwirkende: Karl Bergbauer

Bildmaterial Buchcover: Silvia Schütz

Herstellung und Verlag: BoD – Books on Demand, Norderstedt

ISBN: 978-3-7504-0036-8

Die zwei Unbeugsamen Uschi und Tina

Tina und Uschi sind beste Freundinnen, die sich schon aus dem Sandkasten kennen. Nichts kann sie trennen. Sie fühlen sich als Zwillinge. Sie gehen in die gleiche Klasse und wohnen in der gleichen Straße. Sie unternehmen alles gemeinsam. Ihre Eltern verstehen sich gegenseitig, sodass sie oft gemeinsam in den Urlaub fahren.

Tina und Uschi finden in der Schule Frank doof und schwärmten für Bernd. Niemals gab es Eifersucht unter ihnen. Wenn eine signalisierte, den Typ finde ich gut, dann zog sich die andere zurück. In der Clique wurden die Zwei oft bewundert für ihre Haltung. Bei den Hausaufgaben halfen sie sich gegenseitig. Man nannte sie „Die zwei Unbeugsamen", weil die Eine immer für die Andere einstand. Sie ließen sich niemals verbiegen.

Und doch ist es passiert, dass sie sich nach dem Abitur aus den Augen verloren. Tina studierte in München Jura und Uschi in der Ruhrakademie in NRW Fotodesign. Zuerst schrieben sie sich jede Woche lange Briefe, später E-Mails. Durch den Stress des Studiums blieb immer weniger Zeit. Bis es fast versiegte. Dann kamen nur Karten zum Geburtstag und Weihnachten. Eines Tages hörte auch das auf. Beide wussten nicht, wie es geschehen konnte.

Wie schnell die Zeit verging. Jede hatte ihre eigenen Probleme, die eigene Familie. Beide dachten immer wieder, Morgen werde ich mich bei ihr melden. Bei dem Gedanken ist es stets geblieben. Der Morgen dauerte 40 Jahre.

Tina

Tina lebte mit ihrem Jurastudium einen Kindheitstraum aus. Sie beabsichtigte, vielen Leuten zu ihrem Recht zu verhelfen. So war sie schon von frühester Jugend an. Ungerechtigkeit hasste sie. Sie stand immer ihren jüngeren Mitschülern bei, wenn diese wieder von den höheren Klassen gehänselt wurden. Oft ging es bis zum Rektor der Schule. Dieser verdrehte die Augen, wenn sie wieder vorstellig wurde. Einerseits war sie dafür beliebt, andererseits gehasst. Man kam nicht an sie heran.

Tina hatte vor niemanden Angst. Uschi schmunzelte so manches Mal. Schon früh hatte Tina ein großes Selbstbewusstsein. Das bewunderte Uschi immer an ihrer besten Freundin. Das spätere Studium verlief reibungslos, obwohl Jura ein recht trockenes Thema war. Später heiratete sie Werner, den sie auf der Fakultät kennenlernte. Sie übernahmen später die Kanzlei ihres Schwiegervaters. Und bekamen zwei Töchter, Beate und die zwei Jahre jüngere Britta. Das Glück schien perfekt. Tina musste einsehen, dass es nicht leicht ist. Beruf und Kinder unter einem Hut zu bringen. Die Kinder hatten eine Nanny, aber immer weniger Zeit mit ihren Eltern. So wurde schnell Reichtum angeschafft. Beate und Britta wurden mit Geschenken überhäuft. Materiell hatten sie alles. Nur die Eltern fehlten ihnen oft.

Uschi

Ihr großes Hobby galt der Fotografie. Schon als Kind bekam sie ihr erstes Einsteiger-Kit mit einer Spiegelreflexkamera. Sie hatte in ihrem Onkel Georg einen Fürsprecher. So manches Objektiv, Blenden oder Filter bekam sie von ihm. Georg erklärte ihr alles über die Fotografie. Ständig sprach sie davon, einmal eine berühmte Fotografin zu werden. Sie legte sich stundenlang in den Wald, um die Ameisen zu fotografieren. Anfangs mit ihrem Onkel, später alleine. Es wurden verschiedene Blenden und Objektive versucht. Tina konnte dem nichts abgewinnen. Trotzdem schenkte sie ihrer Freundin immer wieder Mal eine Blende. Von Onkel Georg bekam sie ein Stativ. Er erklärte ihr, wie sie damit umzugehen hat.

Uschi war mehr in sich gekehrt. In der Einsamkeit der Natur brauchte sie niemanden

Rechenschaft abzugeben. Da fühlte sie sich wohl. Tina schaffte es, Uschi auch für andere Themen zu interessieren. Mit der Beharrlichkeit von Tina wurde das Selbstbewusstsein von Uschi gestärkt. Tina hatte einen Hund namens Romeo. Er war ein Mischling mit einem Yorkshireterrier und noch etwas, was niemand wusste. Ein kleiner Kerl mit einem wuscheligen Fell. Uschi lieh sich oft Romeo für die Fotografie aus. Er war ihr liebstes Objekt zum Fotografieren. Wie kaum ein anderer Hund machte Romeo alles mit, blieb oft in der gleichen Position stehen oder sitzen, allerdings nur mit seinen geliebten Leckerchen.

Eines Tages kam Tina zu Uschi, es war ihr 14. Geburtstag, und übergab ihr ein kleines Bündel Hund. Uschis Eltern wussten davon und sie übernahmen die Kosten.

Uschi tat einen Schrei, als sie das hübsche Bündel Hund sah. Sofort holte sie ihre Kamera hervor und knipste unendlich viele Bilder. Uschi taufte ihre weiße Hündin Diva. Und Diva ließ sich gerne fotografieren. Auch wenn für sie vieles neu war.

Alle lachten und Tina antwortet:

„Damit du nicht immer meinen Romeo für deine Fotos ausleihen musst. Du weißt, er hasst das Kämmen. Was nicht heißen soll, dass mir dein Kalender mit Romeo nicht gefallen hat. Ich liebe ihn."

Uschi bedankte sich überschwänglich. Fortan wurde Diva, die ständige Begleiterin von Uschi. Sie plante einen Kalender fürs neue Jahr mit Romeo und Diva. Die Beiden verstanden sich hervorragend. Während des Studiums war Diva, wie auch Romeo bei den Eltern. So oft sie konnte kam Uschi nur wegen Diva nach Hause. Ihren Eltern fiel es immer schwerer, dem kleinen Hund gerecht zu werden. Sie hatten mit dem Laufen Probleme. Kurz nach Ende des Studiums von Uschi, verstarben sie bei einem Autounfall. Diva war ab sofort ihr ganzer Trost. Bald darauf lernte

Uschi ihren späteren Ehemann Kurt kennen und lieben. Mit seiner Hilfe konnte sie bald ihr Fotostudio eröffnen. Sie steckte ihre ganz Liebe in die Fotografie. Niemand verstand es so gut, die Lichtverhältnisse auszuleuchten, wie Uschi. So bekam sie gestochen scharfe Fotos. Sie bekam viele gute Aufträge und Auszeichnungen.

Viele Jahre später

Uschi Schaute verträumt aus ihrem Wohnzimmerfenster. Sie wohnte am Schwanheimer Ufer. Von hier konnte sie den Main sehen, den sie so liebte. Uschi sah die Schiffe, die vorüberfuhren. Gestern wurde sie 66 Jahre alt und ihre Freunde waren alle gekommen. Viele Geschenke bekam sie zum 66. Geburtstag. Sie hat liebe Freunde. Obwohl sie allen gesagt hat, sie brauchen nichts mitzubringen. Handtücher hat sie genug und genug Lebensmittel. Sie bekam vier riesige „Fresskörbe."

Mein Gott, wann soll ich das denn alles essen, dachte sie sich. Ich werde es den Nachbarn weitergeben. Ich brauche doch nicht mehr viel.

Ohne ihre Kamera sah man sie selten. Jetzt fertigte sie nur für private Zwecke Aufnahmen an. Selten nimmt sie größere Aufträge an. Ihr Fotostudio hat sie aufgegeben. Schon drei Jahre ist es her. Noch immer trauerte sie um ihre Tochter, die so früh, mit nur 17 Jahren starb. Der Unfallverursacher ließ sie einfach liegen. Rita hatte keine Chance. Noch immer schnürte es Uschi die Kehle zu, wenn sie daran dachte. Als die Polizei an ihrer Haustür klingelte, wusste sie, dass etwas Schreckliches passiert war. Kurt und sie verzweifelten fast daran. Zwei Jahre nach Ritas Tod, starb ihr Kurt sprichwörtlich am gebrochenen Herzen. Wieder musste sie einen geliebten Menschen zu Grabe tragen. Sie zog aus dem großen Haus aus und mietete sich eine kleine Wohnung, hier am Ufer des Mains. Ihre Gedanken gingen zurück in diese Zeit.

Das mit Rita ist jetzt 26 Jahre her. Noch immer vermisste sie ihre Tochter. Der Schmerz hört nie auf. Uschi stürzte sich in ihre Arbeit, um das ganze Drama für ein paar Stunden zu verdrängen. Sie wurde eine berühmte Fotografin und hatte viele Aufträge. Tiere waren seit jeher ihre liebsten Objekte. Sie verstand es wie kaum ein anderer Fotograf, die Tiere so vor die Kamera zu setzen das sie blieben. Ein paar Leckerchen hatte sie immer parat. An den Wänden ihres Studios hingen die Bilder von Diva und Romeo. Alles ist vergänglich, dachte sie. Die Hunde sind längst gestorben. Als Diva starb, ging es ihr empfindlich nahe. So lange war sie ihr treuer Begleiter. Am Ende reichte die Kraft nicht mehr. Sie starb leise in ihren Armen. Uschi ging von dieser Zeit an, oft zu Freunden die einen Jagdhund und einen kleinen zotteligen Mischling hatten. Da lebte Uschi etwas auf. Tiere beflügelten sie und ihre Freunde waren ihr dankbar, wenn sie weite Spaziergänge mit ihnen machte. Als auch diese Hunde starben, brach es fast Uschis Herz. Sie wollte keinen eigenen Hund mehr. Die Trauer war zu groß, dass alles noch einmal mitzumachen. Sie verlor alles was ihr lieb und teuer war. Ihre Tochter, ihren Ehemann und auch die Hunde.

Uschi rief bei ihrem Friseur wegen eines Termins an. Ja nächsten Freitag passte es ihr. Schon viele Jahre schätzte sie den Salon Kerber. Es dauerte lange, bis sie einen Friseur fand, der ihr die Haare so schnitt, wie sie es sich vorstellte.

Manchmal, wenn sie in ihrem Fernsehsessel saß, dachte sie an Tina. So viele Jahre sind vergangen. Wie konnte es nur passieren, dass sie sich aus den Augen verloren. Was aus ihr geworden ist? Sie schalte sich eine sentimentale Pute. Man kann nichts zurückholen, was verloren ist.

Nur selten fährt sie in den Urlaub. Die Gefahr ist riesengroß, dass etwas passiert. Der Schock um Rita steckt noch tief. Wenn ihre Freundin Petra Zeit hat, fahren sie ein paar Tage an die Nordsee. Zuerst steht der Friseurtermin an. Alles andere kommt später.

„Guten Tag Frau Wichtig, ihr Platz ist schon frei."

„Oh das ist lieb, ich danke dir Franziska."

„Wie immer waschen, schneiden, föhnen?"

„Heute bitte ein paar Highlights Franziska. Ich brauche ein bisschen Pep."

„Sehr gerne Frau Wichtig."

Nach einer Weile wurde der Infrarotstrahler herangefahren und eingeschaltet. Uschi schloss die Augen, um ein bisschen zu relaxen. Die Wärme vom Infrarotstrahler lullte sie ein bisschen ein. Im Hintergrund hörte sie das Gegrummel vom Salon Kerber. Sie traute ihren Ohren nicht, die eine Stimme kommt ihr so bekannt vor. Augenblicklich öffnete sie ihre Augen. Nein, das kann nicht sein. Sie verscheuchte den Gedanken gleich wieder. Aber da war sie wieder diese Stimme. Es schien ihr, dass die Stimme genau neben ihr saß und in einer Illustrierten blätterte und sich dabei mit ihrer Friseurin unterhielt. Das konnte nur eine, die sie kannte. Es muss schon viele Jahre her sein, aber die Art wie die Seiten der Illustrierten umgeschlagen wurden, dass konnte nur eine Person. Uschi öffnete ihre Augen und schaute zur Seite. In diesem Moment schaute diese Frau zu ihr herüber. Uschi wurde blass, das kann doch nicht wahr sein.

„Tina? Tina Wolter? Bist du es wirklich?"

„Uschi? Uschi Hanke?", fragte die Frau ihr gegenüber mit brüchiger Stimme.

Dann fiel es den beiden Frauen wie Schuppen von den Augen und beide schoben gleichzeitig die Infrarotstrahler beiseite. Sie standen beide auf und dann vielen sie sich in die Arme. Die Friseurin schaute verblüfft. Die beiden Frauen weinten und lachten zugleich. Sie zitterten und sie hatten rosige Wangen. Dann ließen sie sich in ihre Sitze wieder fallen.

„Mensch Tina, dass ich das noch erleben darf, ist der reinste Wahnsinn. Und wie immer bist du rank und schlank. Ich habe einen lustigen Mann geheiratet. Ich heiße Wichtig, obwohl ich nicht so wichtig bin.", schmunzelte sie.

„Aber sicher bist du wichtig, Frau Wichtig. Ich habe auch geheiratet. Ich heiße jetzt Dr. Martina Bergmann. Aber bitte lass den Dr. weg."

Mensch Uschi, das ist mehr als ein 6er im Lotto, dich hier zu treffen. Wie viele Jahre ist es her? warte mal, es müssen 40 Jahre her sein. Auch du bist immer noch so zierlich, wie du früher warst."

„Ja", ereiferte sich Uschi. „Das sind in der Tat um die 40 Jahre. Du bist aus der Bergmann Dynastie? Das ist der schönste Tag, dass wir uns jetzt wieder treffen. Hast du Zeit, mit mir anschließend einen Kaffee zusammen zu trinken?

„Aber sicher doch, dass muss gefeiert werden. Ich habe alle Zeit der Welt. Hört mal alle her, ich habe meine beste Freundin endlich wiedergefunden und das nach 40 Jahren."

Alle im Salon applaudierten. Die Chefin ließ gleich eine Flasche Champagner holen. Alle im Salon stießen auf die beiden an. Man bombardierte sie mit endlosen Fragen. Als ihre Haare endlich fertig frisiert waren, wurden ihnen der Preis erlassen. Das ist für die Chefin eine große Ehre, dass sich die Freundinnen genau bei ihr Im Salon wiederfinden. Dann erfuhren sie, dass sie schon beide seit Jahren den gleichen Friseur besuchten, ohne dass sie sich trafen.

Frau Kerber kam auf sie zu und drückste herum.

„Ich habe eine Frage. Darf ich Sie beide zu mir in den Salon einladen, indem die Presse auch dabei ist? Ihre Geschichte ist so einmalig. Sie können damit andere Leute ermutigen, die sich auch aus den Augen verloren haben." Tina sah Uschi an und übernahm die Antwort:

„Ich sage Ihnen Morgen Bescheid." Sie hakte sich bei Uschi unter und sie verließen den Salon. Tina entschied sich für ein gehobenes Café.

Erstes Treffen nach 40 Jahren

Tina wählte eine gemütliche Ecke im Café.

„Mensch Uschi, ich freue mich wahnsinnig, dass wir uns endlich wiedergefunden haben. Das darf nie wieder passieren, dass wir getrennt werden. Ich habe so oft an dich gedacht."

„Und ich an dich Tina. Sag, wie ist es dir ergangen? Du hast bestimmt eine eigene Kanzlei aufgemacht, oder?"

„Ich sehe schon, wir haben Nachholbedarf.", schmunzelte Tina. Sofort spürten sie wieder diese Vertrautheit, die sie einmal hatten.

„Nicht so ganz, es stimmt, ich wurde Anwältin mit Schwerpunkt Strafrecht. Ich lernte auf der Fakultät meinen Ehemann Werner kennen. Wir haben später die Kanzlei von seinem Vater übernommen. Er war recht wohlhabend. Wichtig war mir das nie. Es war immer mehr Geld da, als wir brauchten. Als unsere beiden Töchter Beate und Britta geboren wurden... Ach das ist ein anderes Thema."

Uschi merkte sofort, dass sich die Augen ihrer besten Freundin verdunkelten, beim Thema ihrer Töchter.

„Zugegeben, es ging uns sehr gut. Als wir die Kanzlei übernahmen, beschäftigten wir noch drei weitere Anwälte um etwas mehr Freiraum zu bekommen. Wir konnten ab und zu auf Reisen gehen, aber der Beruf ließ uns nicht los. Eine Dynastie darf nicht so einfach enden, also hat sie mein Cousin Arno übernommen. Ich bin ganz froh darüber."

„Wo wohnst du jetzt, wie geht es deinem Mann?"

Wieder verdunkelten sich Tinas Augen.

„Wir zogen vor fünf Jahren von München nach Lerchesberg, das ist südlich von Frankfurt. Vor zwei Jahren starb Werner, er überlebte seinen 2. Herzinfarkt nicht. Ich versuche, meine Tage sinnvoll zu gestalten. Weißt du, Geld ist nicht alles im Leben. Sicher, es beruhigt, aber glücklich macht es nicht unbedingt, wenn einem das Liebste genommen wird." Tränen bildeten sich in ihren Augen. Dann wischte sie sich die Gedanken fort.

„Außerdem möchte ich noch viel mehr erleben, gerne mit dir zusammen, aber erzähle mir, wie es dir erging. Läufst du immer noch mit deinem Fotoapparat durch die Gegend?"

„Ja die Fotografie ließ mich nie los. Ich konnte mein Hobby zum Beruf machen. Aber ansonsten verlief mein Leben nicht so prickelnd. Das Schicksal hat es mit mir nicht gut gemeint. Ich will mich nicht beklagen, beruflich hätte es nicht besser laufen können. Ich konnte, dank meinem Mann Kurt, mir schnell das Fotostudio anschaffen. Unser Glück schien perfekt, als unsere Tochter Rita geboren wurde. Sie war unser Sonnenschein. Bis sie mit nur 17 Jahren bei einem Autounfall starb. Der Unfallverursacher beging Fahrerflucht und ließ unsere Tochter einfach liegen. Das war schwer zu ertragen. Kurt hat das nicht verkraftet. Er ist zwei Jahre später buchstäblich an gebrochenen Herzen gestorben."

In Uschis Augen glitzerten die Tränen. Tina nahm sie in den Arm und hielt sie fest.

„Mensch Kleines, das tut mir so leid."

Als Tina sie wieder frei gab, erzählte Uschi weiter:

„Ich habe nie wieder geheiratet, das ist jetzt 24 Jahre her und manchmal kommt es mir so vor, als wenn es gestern gewesen ist.

Verstehe mich nicht falsch. Mir geht es ganz gut und ich bin halbwegs abgesichert. Bekomme meine Rente. Große Sprünge kann ich nicht machen, brauche ich auch nicht. Ich wohne am Schwanheimer Ufer. Ich kann von meinem Fenster den Main sehen.", dabei lächelte sie tapfer.

„Nach dem Tod, von Kurt stürzte ich mich in die Arbeit. Bei Rita war ich am Boden zerstört. Es ist nicht gut, wenn Kinder vor den Eltern gehen. Bei Kurt war das fast abzusehen, er fiel in tiefe Depressionen. Sein Mädchen war nicht mehr da. Keine Therapie konnte ihm helfen. Die Gerichtsverhandlung war zermürbend. Es dauerte lange, bis sie den Unfallverursacher gefunden hatten. Das ging alles durch die Presse. Das hat ihn wohl zermürbt. Letztendlich kam eine Bewährungsstrafe heraus und er hat seinen Führerschein für 2 Jahre verloren. Er ist alkoholisiert gefahren. Mir war es egal, was er bekam, es hätte mir meine Rita nicht wiedergebracht. Ungestraft sollte er aber auch nicht davonkommen. Die 2 Jahre Führerscheinentzug taten ihm sowieso mehr weh, als die eigentliche Strafe. Ich habe mittlerweile Frieden damit geschlossen."

„Uschi, ich habe große Hochachtung vor dir. Ich weiß nicht, ob ich das könnte."

„Tina, mir bleibt im Prinzip nichts anderes übrig, oder du wirst verrückt. Ich möchte gar nicht mehr an diese Zeit denken.

Die Fotografie hat mir damals sehr geholfen. Zeitlebens, sind mir die Tiere als die wichtigsten Fotoobjekte geworden. Du musst mich unbedingt besuchen. Ich habe noch die Leinwandbilder von Diva und Romeo. Erinnerst du dich noch an ihn?"

„Und ob ich das tue. Der Tod von Romeo ging mir sehr nahe. Ich nahm ihn nach dem Studium mit nach München. Ihn konnten wir auch ohne Probleme mit in die Kanzlei nehmen."

„Nach dem Tod von Diva habe ich mich dazu entschlossen, einige Abschieds-Fotoshootings anzubieten. Ich habe aber keine kranken Tiere genommen. Fühlt sich zum Beispiel ein Hund nicht wohl, breche ich die Sitzung ab. Ich finde es unschön, wenn jemand mit dem Foto eines toten Tieres die Todesankündigung macht. Das wäre dem Tier nicht gerecht. Ich habe das Buch von Penelope Smith, »Tiere erzählen vom Tod«

gelesen. Das ist ein hilfreiches Buch. Die Autorin beschreibt darin, was man eigentlich auch für Menschen in Anspruch nehmen kann. Sie wollen nicht, dass man in tiefer Traurigkeit zerfällt. Man soll sie so sehen, als sie lebten.

Kurt wollte nie, dass ich das ganze Jahr in Schwarz gehe. Ich sollte gar nicht in schwarz gehen. Das sagte er mir drei Monate vor seinem Tod. Es sollte eine bunte Party gemacht werden. Das konnte ich ihm nicht erfüllen. Zu stark war mein Schmerz. Ich bat alle Freunde, mit normaler Kleidung zu kommen, aber eine bunte Party, dass konnte ich nicht "

„Das verstehe ich gut. Werner sagte mir so etwas Ähnliches. Bei ihm ist es erst zwei Jahre her." Ich sprach mit den Freunden und frühere Kollegen darüber.

„Durch die Erfahrungen meiner Kunden weiß ich, dass genau das der richtige Weg ist. Viele waren mir dankbar, dass ich das Fotoshooting mit den Hunden angeboten habe. Penelope Smith war eine weltweit bekannte Tierkommunikatorin. Weißt du Tina, nichtwissend wie es bei deinem Romeo war, aber vermutlich war er um die Schnute grau. Alte Hunde strahlen so viel Weisheit aus. Diva war eine weiße Hündin, da sieht man das Grau nicht."

„Glaubst du an so etwas Uschi? Das Buch von Penelope hört sich ja gut an, aber..."

„Ja Tina, ich glaube daran, wenn nicht, wäre ich durchgedreht. Nach dieser Zeit hatte ich mein ganzes Equipment zusammen. Vor drei Jahren habe ich mein Studio und einen Teil meiner Ausrüstung verkauft. Ich brauche kaum etwas. Ich bin froh, über die Digitalisierung. Das vereinfacht doch vieles."

„Das glaube ich dir, alles selber zu entwickeln, stelle ich mir stressig vor, obwohl es anfangs bestimmt interessant war."

„Ja, anfangs war es in der Dunkelkammer spaßig. Jetzt geht alles viel Schneller, du schaust im

Computer und kannst dort die Bilder bearbeiten. Für uns Fotografen ein Segen."

„Was ist mit deinen Töchtern Tina, ist etwas passiert? Du schautest so traurig, als du von ihnen gesprochen hast."
„Wir sollten hier unsere Zelte abbrechen, Uschi. Lass uns zu mir fahren, da kann ich dir die traurige Story erzählen." Dann schaute sie verschmitzt und antwortete:
„Mal sehen, was mir dazu noch einfällt."

„Tina, du klinkst wie in alten Zeiten.", dabei lachten beide.
Sie kamen in eine Villengegend. Uschi staunte, als sie vor dem Haus Nr. 8 hielten.
„Wow sagtest du nicht, du lebst alleine?"
„Ja tue ich. Zum Leidwesen meiner Töchter."
„Wie habe ich das zu verstehen?", fragte Uschi.
„Komm erst einmal rein, dann erzähle ich es dir."
Tina zeigte Uschi das ganze Haus. In einem Zimmer sah sie, dass Tina Bilder von Diva und Romeo an der Wand hatte.

„Ich vermisse die Beiden.", meinte Uschi traurig.

„Ja, ich auch. Wir hatten immer Hunde, aber an Romeo kam keiner heran. Er hatte das Herz am rechten Fleck. Ihn liebte ich am meisten. Natürlich auch deine Diva. Das waren zwei außergewöhnliche Hunde. Sie konnten einen in die Seele schauen."

„Ja Tina, das konnten sie"

Die Zimmer in Tinas Haus waren bestückt, von auserlesenen Möbeln. Man spürte die Gemütlichkeit lang vergangener Zeiten. Die Küche war ein Traum, fand Uschi. Tina zeigte Uschi alles, ohne anzugeben. Als ob es das Normalste der Welt sei. Im Salon ließen sie sich nieder. Dieser Raum war gemütlich eingerichtet. Den Kaffee servierte Tina im Raum daneben. Ein Erker mit 5 Fenster über Eck gebaut. Uschi könnte sich vorstellen, immer dort zu sitzen. Dieser Raum war von Gemütlichkeit nicht zu übertreffen. Tina bemerkte den träumerischen Blick von ihrer Freundin.

„Uschi, ich sehe dir an, dass dir der Erker gefällt. Vor deinem inneren Auge hast du schon alles fotografisch austaxiert, was man hier wie mit dem Licht anstellen könnte, stimmts?"

„In der Tat hat diese Ecke etwas Außergewöhnliches. Hier bietet es sich an, tolle Tierfotos aufzunehmen. Aber ich rede zu viel. Manchmal passiert es mir immer noch, dass ich ins Schwärmen komme" Uschi drehte sich um, und sah in den Raum.

„Wow Tina, ich sehe, du hast erlesene antike Vasen und Skulpturen. Diese Frau kenne ich. Die ist von Lluis Jorda. Sie trägt den Namen »Esperanza«. Das kommt aus dem Spanischen und bedeutet: die Hoffnung. Diese Figur ist limitiert, es gibt nur 1000 Exemplare. Man bekommt ein nummeriertes Zertifikat signiert. Ich finde sie wunderschön."

„Wow liebe Uschi, ich staune. Dich hat früher so etwas nie interessiert."

„Du vergisst, dass wir uns 40 Jahre nicht gesehen haben.", schmunzelte Uschi.

„Uschi, was meinst du, sollten wir das mit dem Pressetermin im Salon Kerber tun? Den nächsten Friseurtermin hätten wir umsonst, obwohl das nicht der Grund wäre."

„Ich weiß auch nicht so genau, möchtest du es tun? Ich bin nicht so der Vorzeigetyp."

„Uschi, es handelt sich nur um unser Wiedersehen, über andere Dinge sprechen wir nicht."

„Ok, dann mach es fest."

„Tina, weißt du eigentlich, dass ich mir überlegte, dich einmal über RTL2, Bitte melde dich, von Julia Leischik suchen lassen wollte? Ich zögerte leider, weil ich mir nicht sicher war, ob es dir recht gewesen wäre."

„Das hättest du getan? Na ja wir waren früher auch beste Freundinnen. Ich begreife nicht, warum wir so ganz den Kontakt verloren hatten."

„Nein ich auch nicht. Wie das Leben manchmal so spielt.", meinte Uschi.

„Ich finde es auf jeden Fall sehr gut, dass wir uns gefunden haben."

„Und ich hätte früher gerne eine gute Freundin wie dich gebraucht. Manches wäre leichter zu ertragen gewesen."

„Da gebe ich dir recht. Ich denke genauso. Besonders, als Rita starb. Ich war so verzweifelt. Ich sah zeitweise keinen Sinn weiter zu leben, aber Kurt brauchte mich. Ihm ging es noch schlechter. Ich weiß heute nicht, wie wir das geschafft haben. Na ja, Kurt hat es nicht geschafft. Wenigstens haben wir uns nie Vorwürfe gegenseitig gemacht. Das entzweit viele Paare schnell."

Beide Standen in der großen Küche. Tina goss heißes Wasser für den Cappuccino in die Tassen. Dann erzählte sie weiter:

„Weißt du Uschi, ich wollte erst beruflich durchstarten. Da musste das Kinderkriegen etwas warten. Ich war 34 und 36 Jahre alt, als die Mädchen kamen. Wir haben alles für sie getan. Sie immer gefördert. Es fehlte ihnen an nichts. Halt doch, ich glaube, ich habe sie zu verwöhnt. Und jetzt bekomme ich die Quittung."

„Was ist geschehen?"

„Werner ist erst vor 2 Jahren gestorben. Ich würde den ganzen Kram hier im Haus eintauschen, wenn ich seine Stimme noch einmal hören könnte. Seinen zweiten Herzinfarkt hat er nicht überlebt."

„Ich weiß genau, was du meinst, Tina."

„Britta und Beate sind nicht die Fleißigsten. Sie wollen, dass ich in ein Altersheim gehe und ihnen das Haus überschreibe. Ich bin dazu nicht bereit. So versuchen sie, Druck auf mich auszuüben. Ich hatte schon heiße Diskussionen mit ihnen. Es fing an, dass sie mir Prospekte von Seniorenheimen schickten. Es darf natürlich nicht viel kosten, weil das von ihrem Erbe abgehen könnte. Ich überlegte schon, was ich da großgezogen habe. Werner hat mich gewarnt, ich soll mir so etwas nicht gefallen lassen. Er hat sein Testament ganz genau verfasst. Sie haben schon bei seinem Tod ein Teil ihres Erbes bekommen. Ich habe mir schon einiges überlegt. Sag Uschi, würdest du mit mir durch die Gegend reisen?"

„Puh, ich weiß nicht genau, ob ich es mir leisten kann."

„Mach dir bitte darüber keine Gedanken. Das übernehme ich zu gerne. Und nein, du sollst es mir nicht zurückzahlen. Du würdest mir eine Freude machen, mit mir zu reisen. Ich habe schon ein paar Ideen."

„Tina, du machst mich ganz verlegen, so etwas bin ich nicht gewöhnt. Dann lass mich dich heute zum Essen einladen."

„OK damit kann ich leben. Bist du noch immer so tollpatschig wie früher? Ich denke noch heute schmunzelnd daran, wie wir über dich lachten."

„Ach höre auf, so etwas wird man nicht los. Leider. Entweder man hat es, oder nicht.", schmunzelte Uschi.

„Erzähle, deine Geschichten waren immer äußerst lustig."

„Ja aber nur für euch.", tadelnd erhob Uschi schelmisch ihren Zeigefinger. Beide lachten herzhaft.

„Da war so ein Missgeschick in einer Frühstückbar. Wir waren eine lustige Gruppe von fünf Personen. Wir frühstückten mit Brötchen, Ei, eben ein ganz tolles Frühstück – wenn es mich nicht gäbe."

Tina konnte sich das Lachen kaum verbeißen, so gespannt war sie.

„Alles war auf dem Tisch und ich war gerade dabei mein Ei zu köpfen. Ich hatte wohl etwas zu viel Schmackes drauf. Auf jeden Fall flog das Ei durch die Frühstücksbar. Alle lachten und ich suchte das Erdloch, wo ich mich verkriechen hätte können. Ich brauche dir wohl nicht zu erzählen, dass ich wieder einmal, die Lacher auf meine Seite hatte. Das Schlimme war dann, dass mein Ei unter den Tisch eines einzelnen Herren kullerte. Er musterte mich. Ich konnte ein Grinsen ausmachen, was meine Lage nicht besser machte. Ich also unter seinen Tisch, wo ich das Ei holen wollte. Ich musste so lachen, dass ich kaum noch hochkam. Wohlwissend, dass meine Situation schon sehr prekär war."

Tina lachte so, dass sie Tränen in den Augen hatte.

„Zu köstlich liebe Uschi, deine Geschichten sind einfach zu köstlich. Ich danke Gott, dass wir uns wiedergefunden haben. Aber sage mir, was hast du unter dem Tisch mit dem armen Mann getan?"

„Och nee, jetzt fang du nicht auch noch an. Ich bin damals Spießruten gelaufen." Uschi und Tina fielen in lautes Gelächter.

„Auch wenn er davon träumte, ich habe nur schnell mein Ei geholt. Sonst nichts."

„Mal was anderes liebe Tina, ich muss Morgen auf den Südfriedhof und neue Blumen zu Kurt und Rita bringen. Würdest du mich begleiten? Das ist immer wieder so emotional für mich."

„Was hast du eben gesagt? Du musst wohin? Auf den Südfriedhof? Das gibt es doch nicht. Werner liegt auch auf dem Südfriedhof. Unsere Geschichten gleichen sich, obwohl da viele Jahre dazwischen liegen. Werner ist erst vor 2 Jahren gestorben."

„Echt jetzt? Das gibt es wirklich nicht. Ich glaube nicht an Zufälle, das muss Bestimmung sein."

„Ja Uschi, ich komme langsam ins Grübeln."

„Sicher begleite ich dich."

Beide liefen eingehakt am nächsten Morgen über den Friedhof. Als sie zu den Gräbern von Uschi kamen, wurden ihre Schritte langsamer. Tina drückte den Arm ihrer Freundin. Die Grabstätte war mit liebevoller Hand gepflegt. Das sah man sofort. Ein Familiengrab, wie es schöner nicht sein konnte. Tina setzte sich auf die Bank und ließ Uschi ihre Arbeit tun. Sie hielt Zwiesprache und nach einer Weile kam sie zu Tina.

Sie liefen drei Reihen weiter, dort lag das Familiengrab der Bergmanns. Ein imposanter Grabstein aus Marmor war zu sehen. Anschließend fuhren sie zu Uschi, ein kleines Mittagessen hatte sie vorbereitet.

„Wow deine Wohnung sieht gemütlich aus, Uschi. Und ja, man sieht dir deinen Beruf an. Du hast fantastische Bilder gemacht. Oh mein Gott, mein Romeo, als ob er sofort aus dem Rahmen springt."

Uschi nahm das Bild von der Wand.

„Hier ich schenke dir dieses Bild."

„Oh Uschi, ich bin total gerührt. Das ist nicht mit Geld zu bezahlen. Ich danke dir. So ein schönes Bild habe ich von Romeo nicht."

„Ich bin auch eine gute Fotografin.", schmunzelte Uschi.

Tina lief auf den geräumigen Balkon und schaute auf den Main.

„Ist das ein toller Ausblick? Ich kann verstehen, dass es dir hier gefällt."

Das Handy von Tina klingelte. Sie blickte darauf und sie schaute betrübt. Tina atmete einmal tief durch, dann ging sie ran.

„Hallo Beate, schön von dir zu hören. Nein, ich werde das Haus noch nicht auf euch überschreiben. Auch wenn Britta das möchte. Das habe ich euch schon mehrmals gesagt und dabei bleibe ich. Warum ich so unbeugsam bin? Ganz einfach, weil ich mit beiden Beinen im Leben stehe, weil ich schon das geleistet habe, wo Britta und du erst einmal hinkommen solltet.

Was? Du willst mich entmündigen lassen, dann nur zu, lass dich nicht aufhalten. Ich wünsche dir einen schönen Tag."

Damit trennte sie die Verbindung. Tina war sichtlich sauer. Uschi schaute betreten.

„Tina, war das deine Tochter?"

„Ja leider, wenn sie anruft, geht es nur um das Haus und mein Vermögen. Darum rede ich nicht gerne über sie. Ich weiß nicht, woher sie das haben, dass sie alles Geld der Welt haben müssen. Britta ist mittlerweile genauso."

„Das tut mir leid liebe Tina."

„Ach damit werde ich schon fertig. Das geht schon eine ganze Weile so. Nur was sie nicht wissen, dass es keine Entmündigung im klassischen Sinn mehr gibt. Sie werden sich die Zähne ausbeißen.

Hmm also werde ich so langsam zur Tat schreiten. Das will und werde ich mir nicht bieten lassen."

„Aber was willst du dagegen tun?", fragte Uschi.

„Ganz einfach, ich werde ein bisschen Katz und Maus mit ihnen spielen. Sie verstehen es nicht anders."

Tina sah die Fragezeichen in den Augen ihrer Freundin.

Hamburg

„Uschi, hast du in nächster Zeit Verpflichtungen, die dich hier vor Ort halten?"

„Nein, ich bin alleine und wie du weißt, bin ich Rentnerin. Ich kann tun und lassen, was ich möchte. Meine Lieben auf dem Friedhof werden es mir verzeihen, wenn ich mein Leben etwas genieße."

„Könntest du dich begeistern, mich auf Reisen zu begleiten? Es wird spaßig, das verspreche ich dir."

Uschi dachte eine Weile nach, dann sprach sie:

„Auf zu neuen Ufern.", kicherte sie.

„Ja das ist meine Uschi, wie ich sie von früher kenne. Ich dachte, der 1. Stepp wird Hamburg sein. Gefallen dir Musicals?"

„Machst du Witze? Ich liebe Musicals. Ein Freund der Familie hat mich drei Jahre nach dem Tod von Kurt nach Hamburg eingeladen. Er meinte, dass ich wieder zum normalen Leben zurückkehren soll. Ich gebe zu, es ist mir schwergefallen. Damals kam es mir wie ein Verrat an Kurt und Rita vor. Doch habe ich zugesagt. Dort habe ich das Musical »Cats« gesehen. Das war fantastisch. Die Kostüme und wie sie geschminkt waren, das war Wahnsinn. Und die Künstler schminken sich alle selbst. Einfach super. Ich habe zu Hause noch das Programmheft, wo alles drinsteht. Ich bin nach 10 Jahren noch einmal mit einer Freundin hingefahren und es war wieder so toll, wie beim ersten Mal. Wir hatten ein Hotel nahe der Reeperbahn, das war mir nicht geheuer."

„Ausgezeichnet, wir nehmen uns ein besseres Hotel. Ist es dir recht, wenn wir aus Umweltgründen mit der Bahn 1. Klasse fahren? In Hamburg lassen wir uns vom Hotel abholen."

„Ähm, du weißt, dass ich nicht Rockefeller heiße?"

„Keine Sorge, dass geht alles auf mich, oder besser gesagt, auf meine Töchter. Sie werden Blut und Galle spucken und das ist gut so. Sie meinen, ich verprasse ihr Erbe. Dass ich mir dafür meinen süßen Popo abgearbeitet habe, vergessen sie völlig. In meiner Studienzeit habe ich nichts verdient. Das wir zu viel Geld gekommen sind, haben sie ihren Großvater, Vater und mir zu verdanken. Nach Werners Tod, haben sie beide eine hübsche Summe bekommen. Das vergessen sie nur schnell. Du wirst mitbekommen, wie die beiden gestrickt sind.

Es macht mir diebischen Spaß den zweien eine Lektion zu erteilen. Sie brauchen nicht auf mein Haus zu bauen, sie haben selber jede ein schönes Haus. Sie haben es sich in den Kopf gesetzt, mein Haus aufzustocken und dass sie gemeinsam dort einziehen. Sie müssen schon auf mein Ableben warten. Ich habe nicht vor, schon so bald zu gehen. Sorry, tut mir leid.", dabei lachte Tina süffisant.

Tina buchte die Bahnfahrt und das Hotel Hafen Hamburg. Dass nur einen Kilometer vom Theater entfernt ist. Sie sprach alles mit Uschi ab. Das Hotel gefiel ihnen sehr. Sie planten, 5 Tage in Hamburg zu bleiben.

„Tina, bitte lass mich dafür die Eintrittskarten bezahlen, sonst habe ich ein schlechtes Gefühl." Zähneknirschend war Tina einverstanden.

Am Tag ihrer Abreise ließ Tina ihren Töchtern eine SMS zukommen, dass sie sich auf einer Reise befinde. Sie nicht nach dem Rechten schauen müssen, es sei alles geregelt. Die Antwort kam prompt von Beate:

„Mutter, was hast du vor? Du weißt doch, dass ich einen Termin mit dem Seniorenheim »Zur Sonne« vereinbart habe. Du kannst doch nicht unüberlegt unser Erbe verprassen. Ich komme vorbei und will mit dir reden."

„Schau dir das an Uschi. Sie sind schneller als der Schall. Ich habe sie schon richtig eingeschätzt."

„Oh je Tina, das ist ja furchtbar. Wusstest du von dem Termin?"

„Aber sicher, ich bin fit und werde mich nicht nach den Terminen meiner Kinder richten. Nicht in diesen Befehlston. Lass uns die Reise genießen. Ich bin alt genug um meine eigenen Entscheidungen zu treffen."

Sie hatten ein ganzes Abteil in der 1. Klasse für sich. Uschi war tief beeindruckt.

„Das ist ja toll hier und so viel Platz. Ich bin nie 1. Klasse gefahren. Und es schont die Umwelt. Was kann es schöneres geben?"

„Die 4 ½ Stunden vergehen wie im Flug, du wirst sehen."

Kurz nach dem der Zug losfuhr, wurden Kekse und Kaffee serviert.

„Tina, was ist passiert, dass du so ein schlechtes Verhältnis zu deinen Töchtern hast? Wenn du nicht darüber reden möchtest, kann ich es verstehen."

„Ich habe kein Problem damit. Tja, wann fing es an? Werner und ich haben schon immer viel gearbeitet. Wir hatten keinen Job, der abends um 17 Uhr endete. Die Kinder waren nie alleine, wir hatten eine Nanny. Wir versuchten immer die Kinder in allem mit einzubeziehen. Sie konnten nicht verstehen, dass wir beruflich so angespannt waren. Wenn wir einen Fall übernahmen, konnte es schon mehrere Monate dauern. Es kommt immer darauf an, wie viele Verhandlungstage angesetzt sind. Schau dir den NSU Prozess an, der lief durch alle Medien. Die Beweisaufnahme war nach 373 Verhandlungstagen zu Ende. Der ganze Prozess dauerte 438 Verhandlungstage. Im Juli 2018 wurde das Urteil gesprochen. Im Mai 2018 wurden die Kosten für das Verfahren auf 28 Millionen Euro geschätzt.

Wir hatten zwar keine dieser Mammutprozesse, aber wir kamen mit einigen Verhandlungen an die 200 heran. Die Eltern von Beate und Brittas

Freundinnen hatten normale Berufe. Weißt du, heute denke ich mir manchmal, wenn die Eltern beide Anwälte sind, sollten sie keine Kinder in die Welt setzen. Es bleibt etwas auf der Strecke. Unser Fehler war wohl, dass wir sie finanziell erfreuten. Ich hätte länger zu Hause bleiben sollen, aber ich war eine ehrgeizige Anwältin. Es durfte nicht sein, dass mein Studium umsonst war. Die Erkenntnis kommt manchmal zu spät. So wurden meine Kinder geldgierig. Man kann sich bei seinen Kindern nicht mit Geld freikaufen."

Währenddessen schauten sie aus dem Fenster. Tina holte ein Prospekt heraus und las vor:

Das Stage Theater im Hafen spielt achtmal in der Woche »König der Löwen«. Damit erwacht die Serengeti zum Leben. Klein und groß haben viel Spaß daran. Im Foyer gibt es 7 Bars sowie ein Restaurant.

„Ich habe die Karten schon. Wir werden dort eine schöne Zeit verbringen. Das Musical geht drei Stunden und es hat mittig 20 Minuten Pause. "

„Ja das werden wir.", pflichtete ihr Uschi bei.

„Ich liebe den Song am Anfang, ach, einfach alles.", kicherte sie und auch Tina lachte. Für einige Minuten hing jede ihre Gedanken nach. Für Uschi ist es unwirklich, dennoch freute sie sich.

Am Bahnhof in Hamburg wurden sie schon erwartet. Auf einem Schild standen ihre Namen. Mit dem Hoteltransfer wurden sie zum Hotel gefahren. Als sie eincheckten und in ihrem Hotelzimmer standen, wurde Uschi etwas nervös. Tina sah es ihrer Freundin an, dass sie etwas bedrückte.

„Was ist los Liebes?"

Dann schlucke Uschi und sprach:

„Ich weiß nicht, wie ich dir das irgendwann zurückzahlen kann."

„Papperlapapp, ich will kein Geld zurück. Ich bin unendlich glücklich, dass du mich begleitest. Alleine machen diese Lektionen doch keinen Spaß.

Komm her und lies das Mal, diese SMS bekam ich eben von Beate:

„Mutter ich habe dich geortet und weiß, dass du in Hamburg bist. Ich komme Morgen mit dem Flieger und dann müssen wir reden. So geht das nicht. Wir treffen uns um 15 Uhr an den Landungsbrücken."

„OK sie hat mich über mein Handy geortet. Sag liebe Uschi, hast du dein Handy dabei?"
„Ja warum?"
„Lass deins bitte an, damit wir es benutzen können. Ich schalte mein Handy aus, dann kann sie uns nicht mehr orten. So nicht mein Fräulein, da musst du früher aufstehen."
„Huch, ich wusste nicht, dass so etwas geht." Uschi war verblüfft.
„Oh ja, es gibt viele böse Buben und da muss man auf der Hut sein. Gerade wenn man solche zu Hause hat. Lass uns einen Kaffee trinken gehen. Verstehst du nun, was mir unsere Freundschaft

bedeutet? Das ist mit Geld nicht aufzufangen. Manchmal ist die moralische Hilfe so viel mehr Wert, als die paar lumpigen Kröten, für das Hotel. Die Eintrittskarten hast doch du bezahlt. Bitte liebe Uschi, mache dir über Geld keine Gedanken. Geld ist nur Papier und Metall. Ich werde auch nicht verstehen, warum es so einen hohen Stellenwert hat. Das beste Beispiel siehst du an meinen Töchtern. Sie sind zerfressen von der Gier und Neid. Was sie nicht alles anstellen, um an mein Geld zu kommen, was ihnen noch nicht einmal gehört.

Wir müssen Morgen mindestens eine Stunde vor Beginn am Theater sein."

„Warum das denn?"

„Wegen den Sicherheitsvorkehrungen. Man sollte das einplanen, um unnötige Wartezeiten zu vermeiden und wir nicht zu unseren Plätzen hetzen müssen. Es soll auf große Taschen verzichtet werden. Im Notfall haben sie

Schließfächer. Es gibt sogar eine Taschenkontrolle."

„Das finde ich gut, mit den Sicherheitshinweisen. Denke nur mal an den Anschlag im Schauspielhaus in Frankfurt vor geraumer Zeit. Gerade in der heutigen Zeit. Ich habe nur eine kleine Handtasche."

„Ich auch, so viel braucht man nicht. Ich bin schon sehr gespannt, wie »Der König der Löwen« sein wird.", meinte Uschi.

„Ich fand die Musik, wenn sie Ausschnitte im Fernsehen brachten, ausdrucksstark."

Sie standen vor dem Theater. Das beeindruckte sie. Nachdem sie den Sicherheitscheck hinter sich hatten, schritten sie hinein. Sie waren ergriffen über die Größe dieses Theaters.

„Mir hat der Originalsong – Circle of Life – immer gut gefallen. Die Musik stammt von Elton John und der Text von Tim Rice.", meinte Uschi.

„Mir auch.", gab Tina ihr recht.

Nach dem Schlussakkord waren sie noch ganz benommen, von dem Erlebten.

„Da möchte man doch fast auf eine Safari gehen, oder Uschi?"

„Ja das möchte man fast tun."

„Ich behalte das Mal im Auge." Sprachlos schaute Uschi ihre Freundin an. *Meinte sie das im Ernst?*

Die nächsten Tage verbrachten sie mit Shoppen. Tina kannte sich in Hamburg gut aus. Sie gingen schlemmen, schlenderten über den berühmten Fischmarkt. Sie freuten sich, dass sie sich endlich wiedergefunden haben.

Als sie wieder in Frankfurt ankamen, stand der Pressetermin am nächsten Tag an. Frau Kerber freute sich, als sie die beiden sah.

„Oh waren sie im Urlaub, sie sehen gut erholt aus.", meinte sie zu Tina und Uschi.

„Ja könnte man so sagen.", grinste Tina.

Sie setzten sich in den Salon und Kathi, eine Reporterin führte das Interview. Als alles gesagt wurde, machte der Fotograf ein paar Bilder von Tina und Uschi.

„Eine letzte Frage interessiert bestimmt unsere Leser, möchten sie über ihr gemeinsames Leben ein Buch schreiben?"

Tina antwortete.

„Darüber haben wir noch nicht nachgedacht, werden wir uns wirklich überlegen." Damit war das Interview beendet.

„Das ging ja ganz locker.", bemerkte Uschi. So langsam schien ihr das neue Leben an der Seite ihrer Freundin zu gefallen.

„Uschi, die Zeitung wird Morgen erscheinen, dann lesen das auch meine Töchter, wir sollten zu unserem nächsten Stepp aufbrechen. Wie lange brauchst du fürs Kofferpacken:"

„Gib mir eine Stunde, wo soll es hingehen?" „Ich glaube, wir sollten meine Freunde in Monaco besuchen. Pack deine Badesachen ein. Es wird bestimmt lustig".

Am nächsten Morgen riefen sie ein Taxi, das sie zum Flughafen brachte. Als sie bei einer Tasse Kaffee auf ihren Flug warteten, sah Tina zwei junge Reisende drei Tische weiter. Sie ging zu ihnen und sagte zu dem einen:

„Guten Tag junger Mann, ich habe dieses Handy gekündigt und mir ein neues mit einer neuen Nummer gekauft. Das Handy ist noch einen Monat gültig. Sie können damit telefonieren und surfen, so viel sie wollen. Wenn Sie möchten schenke ich es Ihnen. Ignorieren Sie nur ankommende Anrufe."

Der junge Mann schaute sie völlig überrascht an und nahm das Handy lächelnd entgegen.

„Oh mein Gott, das ist ja ein fast neues iPhone. So eines wollte ich schon immer mal haben. Ich danke Ihnen. Manche Wünsche gehen schneller in Erfüllung als erwartet. Ich wünsche Ihnen eine gute Reise."

„Danke, die wünsche ich Ihnen auch." Tina lächelte, und lief wieder zu ihrem Tisch. Uschi schaute sie fragend an.

„Ich habe gestern mein neues Handy bekommen. Vorhin hörte ich, dass die beiden da drüben, nach Thailand reisen. Meine Tochter wird mein Handy bestimmt wieder orten. Schade, dass ich nicht ihre Augen sehen kann, wenn sie erfährt, dass ihre Mutter in Thailand ist, oder auch nicht. Ich gehe jede Wette ein, dass sie den nächsten Flug nach Thailand nimmt." Wieder lächelte Tina süffisant.

„Tina, du bist aber auch gerissen." Uschi lachte.

„Komm Uschi, unser Flug nach Monaco wurde soeben aufgerufen. Meine Tochter sollte sich nicht mit mir anlegen. Ich war nicht umsonst eine sehr gute Anwältin:"

Beate und Britta

Es klingelte an der Tür von Britta. Es war früher Morgen:

„Hallo Schwesterherz. Sind die Kinder schon in der Schule? Können wir ungestört reden?"

„Was gibt es denn Beate. Ich mache uns schnell einen Kaffee."

„Unser leidiges Thema, Mutter. Das gehört sich nicht, dass sie uns so übergeht. Das Geld und das Haus gehören uns. Sie sollte endlich einsehen, dass sie im Seniorenheim besser aufgehoben ist. Da bekommt sie zur richtigen Zeit ihr Mittagessen und Kaffee mit Kuchen. Was will sie noch mehr?

Was ist, wenn sie plötzlich einen Schlaganfall bekommt? Oh man, ich bin so wütend. Ich habe sie geortet und bin auch nach Hamburg geflogen, wer nicht an die Landungsbrücken gekommen ist, war unsere Mutter. Dabei habe ich ihr geschrieben, dass wir reden müssen. Sie ist unmöglich. Aber schau, was heute in der Zeitung steht."

Britta nahm die Zeitung in die Hand. Sie blickte auf ein Foto ihrer Mutter mit noch einer Frau. Darüber die Schlagzeile: Nach 40 Jahren fanden sich beste Freundinnen wieder.

„Häh wer soll das sein? Den Namen habe ich nie gehört."

„Eben. Wer weiß, wie die Frau gestrickt ist. Möglich, dass sie Mutter das Geld abluchsen will." Wir müssen das unbedingt stoppen."

„Wie geht das eigentlich mit dem orten, Beate?"

„Ganz einfach, ich habe, als Mutter letztens bei uns war, heimlich auf ihrem Handy eine App aufgespielt. Somit kann ich sie jederzeit orten. Warte Mal, ich zeige es dir. Oh mein Gott, was macht sie denn jetzt? Sie ist auf dem Flughafen. Sie will irgendwohin fliegen. Sie gibt sich aber schnell mühe, unser Geld auszugeben. In ihr Haus komme ich auch nicht mehr rein, sie hat jetzt eine

Sicherheitsfirma beauftragt. Sie muss auch das Schloss an ihrer Haustür gewechselt haben. Mein Schlüssel passt nicht mehr."

„Beate, waren wir zu hart zu ihr?"

„Ach quatsch, wir achten doch nur darauf, dass es ihr gut geht. Das tut es eben nur in diesem Seniorenheim. Es ist unser Erbe, das kann sie nicht einfach so ausgeben. Wozu gibt es denn das Erbe? In ein paar Stunden orte ich sie noch einmal, dann wissen wir, wo sie ist. Dieses Mal bin ich aber schlauer und schneller als sie. Dann bringe ich sie nach Hause und von dort geht es gleich ins Heim. Schlimm genug, dass das bezahlt werden muss. Es scheint aber das kleinere Übel zu sein. Und dann, können wir beide den Umbau und die Aufstockung beauftragen. Glaube mir, das wird klasse, wenn unsere Kinder in einem Haus wohnen. Ich muss jetzt auch weiter, der Kindergarten wartet auf den Kuchen."

„Ja Tschüss."

Am Abend rief Beate ihre Schwester an.

„Hey Britta, ich habe schon leichte Schnappatmung. Weißt du wo Mutter ist? Ich fasse es nicht, sie ist in Thailand. Ich habe schon ein Flug gebucht. Morgen Mittag geht der Flieger. Kannst du bitte meine Kinder beaufsichtigen?"

„In Thailand? Was will sie denn dort? Ich bin ja völlig von den Socken. Das hätte ich ihr nicht zugetraut. Ja bring die Kids zu mir. Und ruf mich an, wenn du etwas Näheres weißt."

„Sobald ich dort bin, werde ich sie wieder orten."

Kleine Lady

Gegen Abend landeten Tina und Uschi in Monte Carlo. Tina freute sich wie eine Diebin, zu schade, dass sie nicht die Gesichter ihrer Kinder sehen kann. Sie und Uschi wurden von Philippe erwartet. Da er in Deutschland studierte, gelang es gut mit der deutschen Sprache.

„Guten Abend meine Liebe Tina, oh was hast du doch für eine charmante Begleiterin mitgebracht?"

„Philippe, wie immer bist du ein Schmeichler. Ich grüße dich. Darf ich dir meine beste Freundin Uschi vorstellen? Wir sind in geheimer Mission in Monte Carlo."

„Oh Lala Tina, wieder Geschäfte besonderer Art?"

„Ja in der Tat, aber eher ein familiäres.", lächelte sie.

„Wir haben einen wunderschönen Abend und Monte Carlo strahlt mit euch um die Wette. Wenn du erlaubst, zeige ich euch etwas Besonderes. Du checktest wieder im Studio Monaco ein. Ich habe mir erlaubt, es zu stornieren, bitte sei mir nicht böse. Cathrine und ich wollen euch auf unserer neuen Jacht einladen. Dort ist genügend Platz für alle. Bitte verzeihe uns diese kleine Eigenmächtigkeit."

„Philippe du Schwerenöter. Du weißt, dass ich so etwas nicht mag, wenn man das über meinen Kopf entscheidet. Meine Kinder versuchen das und glaube mir, es bekommt ihnen ganz und gar nicht.

Uschi, was sagst du dazu? Das wirft meine Pläne etwas durcheinander."

„Ich weiß nicht, was ich dazu sagen soll. Du kennst die Leute und weißt bestimmt, ob du ihnen vertrauen kannst."

„Oh ja, Philippe tut normalerweise nichts, was ich nicht möchte, ein ganz kleines bisschen macht mich die Jacht neugierig."

Philippe strahlte und zückte sein Handy.

„Mon Cherie Cat, ich habe es ohne Blessuren überlebt." Freundlich blickte er zu Tina.

„Wir kommen bald." Währenddessen bog der Chauffeur die Limousine in den Hafen von Monte Carlo ein. Für Uschi war alles neu und spannend. Als die Limousine stoppte, trauten sie ihre Augen nicht. Eine herrschaftliche neue Jacht lag vor ihnen. Eine Frau winkte vom oberen Deck. Das musste Cathrine sein. Tina winkte zurück. Uschi nickte, sie wusste nicht so recht, wie sie sich verhalten sollte. Tina trat auf sie zu.

„Uschi, hab keine Angst, das sind normale Leute wie du und ich. Die sind nicht so überkandidelt wie viele Reiche. Ich kenne Philippe und Cathrine schon lange. Allerdings ist mir das mit der Yacht auch neu."

Auf der Yacht kam ihnen Cathrine entgegen und begrüßte sie freundlich.

„Herzlich willkommen auf unserer bescheidenen Yacht. Kommt herein und macht es euch bequem. Tina, von dir haben wir schon lange nichts gehört. Geht es dir gut?"

„Aber ja liebe Cat. Darf ich dir meine liebe Freundin Uschi vorstellen? Stellt euch nur vor, wir haben uns nach 40 Jahren zufällig beim Friseur wiedergetroffen. Wir waren früher schon beste Freundinnen. Nur nach dem Studium haben wir uns aus den Augen verloren."

„Oh wie wundervoll. Die Freude ist verständlich. Ihr habt euch sicher viel zu erzählen. Aber sag, was führt euch nach Monte Carlo?"

„Cat lass unsere Gäste mal Luft holen.", meinte Philippe. „Wir haben nachher noch genug Zeit zum Reden. Kommt erst einmal mit, Pascal hat eure Koffer schon in die Zimmer gestellt. Wir hoffen, das ist in Ordnung. Folgt mir doch bitte, ich zeige euch alles."

Uschi ist hin und weg, über die Größe der Yacht. Niemals vorher hat sie so etwas gesehen. Sie kamen durch ein komplettes Wohnzimmer mit erlesenen Möbeln. Das Esszimmer und Küche grenzen daran. Als sie in die Schlafzimmer kamen, wäre sie bald in Ohnmacht gefallen. Sie sah ein komplettes Schlafzimmer mit eigenem Badezimmer. Flauschig weiche Teppiche, alles Ton in Ton. Für Uschi ein Schlaraffenland. Auf der Anrichte stand eine Flasche Champagner in einem Kühler. Daneben ein Teller mit aufgeschnittenem Obst. Nach kurzer Zeit kam Tina zu ihr.

„Tina das ist doch der reinste Wahnsinn. Ich glaube, ich träume."

„Das ist ganz offensichtlich das neue Spielzeug von Philippe und Cathrine. Ich kannte bisher nur ihre Villa. Uns zu ehren findet heute Abend eine Party statt."

„Tina, dafür habe ich nichts zum Anziehen."

„Mach dir keine Sorgen, wenn du möchtest, kannst du etwas von mir haben. Blau ist doch deine Lieblingsfarbe.", zwinkerte sie Uschi zu.

„Das weißt du noch?"

„Aber sicher, wie andere nur Schwarz tragen, sehe ich immer noch oft Blau an dir. Ich muss sagen, es steht dir gut. Komm mal rüber zu mir und suche dir ein Kleid aus. Wir scheinen immer noch die gleiche Größe zu haben."

Als Uschi das blaue Kleid anzog, war Tina beeindruckt.

„Wow Uschi das sieht fantastisch aus. Das Paillettenkleid steht dir gut."

„Ich danke dir liebe Freundin." Als sie sich wieder gemütlich angezogen hat, saßen die beiden Frauen zusammen und Tina fragte Uschi.

„Sage mal, was würdest du gerne noch erleben. Irgendetwas wovon du schon immer geträumt, es aber nie gewagt hast."

„Hmm da wäre schon etwas. Betreten schaute Uschi zum Boden. Ich würde gerne mal wohlhabende Männer kennen lernen. Nicht für immer, nur mal zum Ausgehen. Verstehst du, was ich meine."

„Klar verstehe ich das. Vielleicht ist heute Abend einer dabei. Wir werden sehen."

„Und du Tina, ist bei dir alles nach Wunsch gekommen, oder hast du auch ein paar Sehnsüchte?"

Tina kam ins Schwärmen.

„Ich würde gerne eine Oma sein. In einer Familie, wo nicht jeder nur an sich denkt. Aber ob das überhaupt möglich ist? Gibt es das heute noch?"

„Oh ich wüsste da etwas. Ich habe es in der Zeitung gelesen, dass manche Familien eine Leih-Oma suchen. Ich helfe dir dabei."

„Das wäre fantastisch." Es klopfte an der Tür.

„Darf ich die Damen in 30 Minuten zum Diner bitten?"

„Aber gerne doch.", rief Tina.

So wurden sie später in den Speisesaal geführt. Es war mehr ein Spiegelsaal. Beide waren beeindruckt. Dort saßen schon Cathrine und Philippe.

„Schön euch zu sehen. Tina, du hast Anspielung gemacht, dass etwas mit deinen Töchtern ist. Magst du darüber reden?"

„Ach das ist ein leidiges Thema. Meine Töchter meinen, ich solle endlich ins Altersheim. Okay, sie nannten es Seniorenheim. Nur weil sie an mein Geld und das Haus wollen. Sie haben Angst, dass ich ihr Erbe ausgebe. Im Moment bekommen sie eine Lektion von mir." Tina erzählte ihnen, dass ihre Tochter bestimmt auf dem Weg nach Thailand ist. Alle lachten herzlich. Philippe meinte:

„Das ist ein schwieriges Problem. Wie du mir damals sagtest, bekamen deine Kinder nach dem Tod von Werner eine stattliche Summe."

„Ja das stimmt. Es scheint so zu sein, dass sie den Hals nicht vollbekommen. Ich habe sie finanziell zu sehr verwöhnt."

Cathrine erwiderte:

„Tina, ich finde deine Lektionen angemessen. So geht es nicht. Leider kommt es immer wieder dazu, dass Kinder denken, sie können die Eltern abschieben. Wie schön, dass du dir das nicht gefallen lässt. Die Sache mit Thailand ist genial. Wie lange kannst du das durchhalten?"

„Och, das kann ich noch eine Weile tun. Mein nächster Schachzug wird sein, dass ich meine kostbaren Zwillings-Vasen verkaufe. Und das wird im Fernsehen zu sehen sein. Nur zu einem späteren Zeitpunkt."

„Du meinst doch nicht die Sendung..."

„Ja genau die meine ich. So erfahre ich etwas über die Vasen und was sie Wert sind. Und dann schauen wir weiter. Ich plane sie unter Wert zu verkaufen."

„Du musst uns unbedingt den Sendetermin nennen."

„Ja ich sage euch Bescheid Philippe. Wann steigt denn die Party Cat? Ich wollte mich noch etwas hinlegen."

„Um 20:30 Uhr. Um 21:30 Uhr legen wir ab. Ihr könnt dann Monte Carlo bei Nacht bewundern, ein Träumchen sage ich euch."

„Das Diner war ausgezeichnet. Vielen Dank, bis später."

Tina und Uschi bedankten sich.

Beate

„**B**ritta ich bin so sauer. Das kannst du dir nicht vorstellen. Ich habe 900€ für den Flug bezahlt. Der dauerte auch noch 11 Stunden. Ich war total fertig, als ich ankam. Dann ist hier Regenzeit. Die Luft kannst du schneiden, so schwül ist das. Hier herrschen 35°C.

Nachts hält man das hier gar nicht aus. An Schlafen ist nicht zu denken. Aber nun zu meinem Hauptproblem. Ich habe Mutters Handy geortet und musste fast durch das ganze Land fahren, um zwei Rucksackfutzis zu treffen. Man, ich könnte aus der Haut fahren. Sie sagten, eine nette Lady hat ihnen am Frankfurter Flughafen dieses Handy geschenkt. Was soll man dazu sagen. Wie gerissen ist unsere Mutter? Vor allem WO ist sie?"

„Oh je, das tut mir leid Beate. Wann kommst du zurück?"

„In 2 Tagen, ich bleibe hier nicht länger als nötig. Und es ist laut hier, sage ich dir. Alle sind hier so ekelig freundlich. Ich dachte, ich könnte Mutter die zwei Tage weichklopfen. Ich muss noch etwas für meine Kinder kaufen. Habe es ihnen leider versprochen. Jetzt weiß ich echt nicht, wo ich noch nach Mutter suchen soll. Vor allem diese Pappnasen erzählen mir hier, die beste Reisezeit von Januar – März und November – Dezember ist. In dieser Zeit wäre das Klima erträglich. Dann luden sie mich auch noch in irgendeinen Tempel ein. Die können mich mal. Und wann muss unsere Mutter abhauen? Natürlich in der miesen Regenzeit."

„Beate, sollten wir den Plan vielleicht aufgeben?"

„Bist du verrückt? Sie muss mir die Unkosten der Flüge und Hotels zurückzahlen. Das ist ja wohl klar. Das alles musste ich nur wegen ihr ausgeben. Das darf ich Bernd gar nicht sagen. Dann ist Polen offen. Wir können doch jetzt nicht aufgeben. Sie muss noch früher ins Heim, wie angedacht. Sie produziert immer mehr Kosten. So geht das nicht. Hmm jetzt weiß ich nicht, wie ich an ihr neues Handy komme, um die App draufzuspielen."

„Wenn sie davon Wind bekommen hat, wird sie ihre Handtasche nicht mehr unbeaufsichtigt lassen, Beate."

„Möglich, aber ich finde Wege und Mittel, das kannst du mir glauben."

„Beate, sprich nicht so abfällig über deine Kinder wie vorhin, du hast liebe Kinder. Wenn du ihnen versprochen hast, etwas mitzubringen, dann streng dich an."

„Ja ich weiß. OK Tschüss."

Monte Carlo

Die Party am Abend wurde zu einem rauschenden Fest. Tina und Uschi finden es super, dass alle barfuß laufen. Bei den weichen Teppichen macht es Sinn. Die Yacht glitt fast lautlos über das Meer. Sie wurden vom Kapitän angehalten, sich Monte Carlo bei Nacht anzuschauen. Das war ein Erlebnis. Der Hafen tauchte ein, in einem Lichtermeer. Das Grand Casino Monte-Carlo in der Nacht, konnte man gut erkennen.

„Schau Uschi, das Grand Casino, dort müssen wir hin. Das wird dir gefallen."

„Sage mal Tina, kennst du den Fotografen Uwe dort an der Bar? Ich hörte, dass er Uwe genannt wurde. Hübsche Mädchen umschwirren ihn. Der passt irgendwie nicht in die Gesellschaft, so von der Art her und seinem Outfit."

„Ich habe schon von ihm gehört. Er soll ein guter Fotograf sein. Hat eine eigene Fotoschule und schwirrt in der ganzen Welt herum. Immer auf der Suche nach besonderen Models und Promis. Er ist oft launisch, wegen seiner Verletzung. Die bremst ihn etwas aus. Na ja, und dann mag er spezielle Leute nicht, muss mit ihnen beruflich auskommen. Da tut er sich schwer. Warte, ich mache dich mit ihm bekannt."

Bevor Uschi etwas sagen konnte, war Tina weg. Sie kam mit dem Fotografen im Schlepptau zurück. Sie hielten sich auf dem oberen Deck auf.

„Darf ich Ihnen meine geschätzte Freundin vorstellen, auch sie ist eine begnadete Fotografin."

„Ach schau an, eine kleine Konkurrentin also." Uschi fand das unverschämt.

„Junger Mann, ich habe schon Weltfotos gemacht, wo sie noch in Windeln lagen."

„Na Hallo, das passiert mir selten, dass mir mal eine Frau Paroli bietet. Sie haben meinen vollen

Respekt. Die meisten Frauen, die ich kenne, haben nicht viel auf den Kasten."

Sie konnten sich ab diesem Zeitpunkt konstruktiv über die Fotografie unterhalten. Auf dem Tisch stand eine Kanne Kaffee und Tassen. Da es schon dunkel war, goss Uschi den Kaffee langsam in die Tassen. „Man muss aufpassen, dass man nicht zu viel eingießt.", meinte sie.

Uwe schaute sich das an und erwiderte:

„Ja der läuft gerade am Tisch entlang und tropft auf den Boden." Im gleichen Moment half er ihr mit Servietten, den Schaden zu beheben. Uschi war das mehr als peinlich. Immer wieder passieren ihr solche Dinge. Sie sah Uwe an, dass er sich feixte. Das war seine Antwort auf ihr Paroli. Damit waren sie quitt.

Am nächsten Morgen ließen sie den Tag Revue passieren.

„Na Hallo Uschi, du hattest ja schnell einen Verehrer, der dir nicht von der Pelle wich. Wie ich sehen konnte, habt ihr euch gut unterhalten."

„Ja das war wirklich nett. Er kommt aus Lyon und hat mich sogar eingeladen. Ich habe seine Visitenkarte.", erklärte Uschi leise.

„Olala, es wird Zeit, dass du anfängst zu leben. Nichts gegen Kurt und Rita, aber du hast ein Leben verdient, wo es dir gut geht. Das würden auch die beiden wollen. Bei dir ist es schon so lange her."

„Ja, unsere grauen Haare störten bei weitem nicht. Hat mich sehr erstaunt."

„Warum sollte das auch. Jedes Alter hat etwas Interessantes."

„Du hast recht."

„Uschi, wir wurden eingeladen, noch eine Woche auf der Yacht zu bleiben, hast du Lust?"

„Also ich hätte nichts dagegen. Solchen Luxus kenne ich nicht. Das Schlimme ist, man kann sich daran gewöhnen.", kicherte Uschi.

„Dann lass es uns genießen."

Am nächsten Abend wurden sie von Philippe und Cathrine in das Grande Casino eingeladen.

Uschi war von den Spielautomaten hingerissen. Es gab 1000 an der Zahl. Die anderen wollten Roulette spielen. Das Flair des Casinos war grandios. Und Uschi gewann die Goldserie. Das wollte sie nicht glauben, noch nie hat sie vorher etwas gewonnen. Sie war ganz aus dem Häuschen. Als sie aus dem Casino liefen, konnte Uschi 3.556€ ihr Eigen nennen. Alle hatten viel Spaß und es gab viel zu lachen.

Einen Tag später unternahmen sie eine 7-minütige Hubschrauberrundfahrt über die französische Riviera von Monaco. So sahen sie beeindruckende Sehenswürdigkeiten wie den Rock of Monaco und den Fürstenpalast.

Wiesbaden

Als Tina und Uschi zu Hause waren, erklärte Tina ihren 3. Stepp. Sie holte die Post aus dem Briefkasten und schon wieder waren Prospekte von Seniorenheimen dabei. Sie wusste ganz genau, wem sie diese Post zu verdanken hatte. Also auf nach Wiesbaden dachte sie böse.

„Siehst du die Zwillingsvasen da hinten? Ich hänge nicht daran. Die werde ich auf einem Antikmarkt verkaufen. Ich habe mich schon bei denen gemeldet und sie haben mich genommen, dass ich in der Sendung zu sehen bin. Lass uns am kommenden Dienstag nach Wiesbaden fahren."

„Du willst diese schönen Vasen verkaufen?"

„Ja ich weiß auch schon, wer sich am meisten ärgern wird. Meine Tochter Beate. Leider ist sie mehr als geldgierig. Obwohl ihr Mann sehr gut verdient. In Wiesbaden findet die Auktion statt und sie wird später auch im Fernsehen ausgetragen."

„Tina..."

„Tja, ich habe mit dem Krieg nicht angefangen. Übrigens der Moderator Jens Jansen ist sehr charmant zu der holden Damenwelt. Wir werden unseren Spaß haben."

„Davon bin ich überzeugt."

Zuvor kaufte sich Tina eine prepaid Telefonkarte. Sie rief ihre Tochter Beate an. Sie wusste, zu dieser Zeit ist niemand zu Hause. So sprach sie auf den Anrufbeantworter.

„Hallo meine Tochter, wie schade, dass ich dich nicht erreicht habe. Nachher habe ich leider keine Zeit. Ich bin schon wieder auf dem Sprung. Hab eine schöne Zeit. Gibt den Kindern einen Kuss von mir. Grüße an deinen Mann."

Uschi konnte sich kaum das Lachen verbeißen.

„Oh Tina, ich wusste nicht, dass du solch ein Süßholz raspeln kannst. Da wird sie sich mächtig ärgern."

„Das habe ich auch, als ich die Post herausholte. Schau dir diesen Quatsch mal an. Schon wieder etliche Angebote von Altersheimen. Sie lernt es nicht. Dann muss ich es ihr beibringen." Dabei lächelte sie.

Tina holte ihren sportlichen Mercedes aus der Garage. Die zwei wertvollen Vasen hat sie eingepackt und im Auto verstaut. Sie kamen ohne großen Stau nach Wiesbaden. Die Patrickstaße war schnell gefunden. Am Eingang Stand schon: Antik Auktion. Vorsichtig holten sie die beiden Vasen und liefen zum Eingang.

Innen trafen sie auf den Moderator Jens Jansen. Neben ihm stand ein Experte auf dem Gebiet alter Vasen. Jens Jansen begrüßte sie höflich.

„Guten Tag, ich freu mich so reizende Damen begrüßen zu dürfen. Wie ist denn ihr werter Name?"

„Guten Tag, wir sind die besten Freundinnen Tina und Uschi.", sprach Tina.

„Ich begrüße euch auf das Herzlichste. Dann bin ich gerne Jens. Auf du und du spricht es sich auch viel angenehmer. Wo habt ihr denn diese schönen Vasen her?" Wieder übernahm Tina das Wort.

„Sie stammen aus meinem Familienbesitz. Ich habe keine Verwendung mehr. Sie passen nicht mehr in mein Haus. Ich habe umgestaltet. Diese Vasen stammen von Jacob Petit aus Frankreich. Sie sind schon sehr lange in unserem Familienbesitz." Tina lächelte dabei glücklich in die Kamera. Wohlwissend wem ihr Lächeln galt. Der Experte neben Jens, Eric Strobel begrüßte die Damen herzlich.

„Ja genau, sie stammen von Jacob Petit. Er wurde 1796 in Paris geboren und starb dort 1868. Er war ein französischer Porzellanhersteller des 19. Jahrhunderts. Sein Name bleibt der Originalität seiner Produktion verbunden. Reichlich und vielfältig, einst als üppig im schlechten Geschmack beurteilt, werden seine Stücke heute wegen ihrer Originalität, der Qualität ihres Finishs und des Reichtums ihrer Polychromie gesucht.

Jens wandte sich an Tina und Uschi. Mit welchem Erlös rechnet ihr?

Uschi gab es an Tina weiter, weil es ihre Vasen sind.

„Ich könnte mir 2800€ vorstellen."

„Ein hübsches Sümmchen, Eric, könnte das hinkommen?", fragte Jens.

„Die beiden Vasen sind ohne Makel, was für ihr Alter recht ungewöhnlich ist. Sie stammen vor 1890. Diese Art Malerei um 1850. Die Vasen sind aus Porzellan und gelten als mehrfarbig. Die Bilder sind einzigartig hervorgearbeitet. Die Farben sind noch immer von einer hohen Brillanz. Sie haben eine Größe von 43 cm. Sie werden heute noch für 4250€ gehandelt."

„Uschi hielt die Luft an, auch Tina war sichtlich ergriffen."

„Ja meine Damen ich kann euch nur beglückwünschen. Da vorne hinter der 3. Tür verbergen sich die Händler. Ich wünsche euch viel Glück."

„Herzlichen Dank du machst uns sehr glücklich.", erklärte Tina. Damit liefen die beiden zu der besagten Tür.

Die Händler konnten die Vasen schon begutachten, bevor Tina und Uschi den Raum betraten. Sie waren hellauf begeistert. Alle fünf Händler überboten sich, so dass sie am Ende ein Gebot von 7.650€ bekamen, was Tina gerne annahm. Sie bekam das Geld in bar ausgezahlt. Auf dem Gang freuten sie sich. Leise flüsterte Tina Uschi zu: „Und immer schön lächeln, was beide auch taten."

„Und du glaubst deine Töchter sehen das?"

„Das ist so sicher wie das Amen in der Kirche. Meine Kinder schauen das immer. Oder besser gesagt Beate. Sie nimmt das auf und zeigt es ihrer Schwester."

Beate bei Britta.

Beate klingelte Sturm bei Britta. Diese öffnete die Tür.

„Hey was ist los, dass du uns das Haus einrennst."

„Das wirst du gleichsehen, oder hast du gestern die Sendung - Antik Auktion - gesehen?"

„Nein es war mir nicht möglich, wir hatten Elternabend für Sonja."

„Bist du Alleine?"

„Ja, die Kids sind bei ihren Freundinnen."

„Gut, bitte leg die CD ein und schau dir das an. Ich könnte aus der Haut fahren, so sauer bin ich." Britta fiel auf, dass ihre Schwester in letzter Zeit oft sauer ist.

Die Sendung fing an und schon kam Brittas Schwarm Jens Jansen. Er erklärte, dass sie heute wieder erlesene Stücke präsentieren können. Dann sah sie ihre Mutter, neben ihr war diese Frau aus der Zeitung. Ihre Mutter sah gut erholt aus. Was sie aber dann sah, trieb ihr den Schweiß aus allen Poren.

„Wie bitte? Mutter hat diese schönen Vasen verkauft? Ich fasse es ja nicht."

„Hast du auch die Schätzung gesehen und was sie dafür bekommen hat?" Beate spulte zurück.

„Wow der Schätzpreis von 4.250€ wurde mit 7.650€ bei weitem übertroffen. Sie hat uns nicht einmal gefragt, ob wir sie haben wollen. Ich kann mich daran erinnern, dass die Vasen viele Jahre bei Oma in der großen Vitrine standen. Mir gefielen die Innen-Malereien so gut."

„Ganz genau. Sie wurden schon immer von Generation zu Generation weitergegeben. Warum hat Mutter das nur getan?"

„Weil sie nicht mehr richtig im Kopf ist. Das ist doch klar. Ich rufe jetzt den Jens Jansen an."

„Beate, findest du das für eine gute Idee?"

„Oh ja, der soll mir sagen, wo sie jetzt wohnt, zu Hause ist sie nicht mehr zu erreichen. Das Dolle kommt erst noch. Sie rief mich zu einer Zeit an, wo sie ganz genau wusste, dass sie mich nicht erreicht. Ich weiß nicht, was sie noch vorhat."

„Meinst du nicht, du bist mit ihr zu hart umgesprungen? Immerhin gehört das Haus ihr, nach Vaters Tod."

„Papperlapapp nein, das gehört uns. Weißt du nicht mehr, wie Papa meinte, dass wir das einmal bekommen? Und wir wollen ja gut für sie sorgen. Nur lässt sie uns nicht."

„Ja Hallo RTL, ich möchte mit den Moderator Jens Jansen sprechen."

„Ich verbinde Sie mit dem Büro Jens Jansen."

Als Beate erklärte, was sie wissen möchte, wurde ihr klipp und klar gesagt, dass sie generell keine personenbezogenen Daten preisgeben.

„Aber ich bin ihre Tochter."

„Dann bitten wir Sie, sich an Ihre Frau Mutter zu wenden."

Wütend schlug sie ihr Handy auf das Sofa.

„Sie wissen, wo sich Mutter jetzt aufhält, werden es aber nicht sagen. Mutter muss sie eingelullt haben. Hast du gesehen, wie sie die Frau angeschaut und dann so gemein in die Kamera gelächelt hat?"

„Beate, vielleicht sollten wir Mutter ihr Leben leben lassen. Schau sie ist 66 Jahre alt. Irgendwann kommen die Alters Wehwehchen, dann kann sie nicht mehr so viel weggehen."

„Und in der Zeit hat sie unser Erbe ausgegeben. Oh mein Gott, wenn sie auch den Sekretär verschleudert, drehe ich durch. Der wurde mir versprochen. Nee ich versuche sie zu stoppen."

Beate suchte ihre Sachen zusammen und lief langsam zur Tür. Sie drehte sich noch einmal um. „Ich melde mich bei dir."

Dunen- Nordsee

E ine Woche waren Tina und Uschi zu Hause. Tina holte ihre Post aus dem Briefkasten. Und wieder lagen Prospekte von Seniorenheimen von ihren Kindern dabei. Uschi sah ihr besorgtes Gesicht. Ein Brief von Beate hielt sie in ihren Händen.

„Mutter,

So geht es nicht, ich laufe mir die Hacken ab, um ein geeignetes Seniorenheim für dich zu finden. Du bist nicht mal zu erreichen. Ich bin dir nach Hamburg nachgefahren. Schönen Dank für den Trip nach Thailand. Das hat mich sauer gemacht. Kannst du ermessen, wie feucht es dort war? Ich habe es kaum ausgehalten. Wie kann ich dich erreichen und umstimmen. Und wie kannst du es wagen, die Zwillingsvasen zu verkaufen? Die wollte ich haben. Solltest du nicht erst deine Töchter fragen, bevor du in so eine Sendung gehst? Wie peinlich ist das denn. Ich erwarte von dir, dass du mir die unnötigen Reisekosten ersetzt. Wo kann ich dich endlich erreichen, oder muss ich erst das Gericht anrufen?

Deine Tochter Beate"

Ein bisschen schmunzelte Tina.

„Was ist los Liebes? Schlechte Nachrichten?" Tina gab ihr die Prospekte und den Brief von Beate. Uschi erschrak, als sie das gelesen hatte. Wäre ihre Tochter auch so, wenn es diesen Unfall nie gegeben hätte? Nein, das ging über ihre Vorstellungskraft. Sie hatte immer ein inniges Verhältnis zu Rita.

Tina lächelte angesäuert. Dann gab sie Uschi das Prospekt aus Thailand.

„Schau dir das super Angebot einmal an."

„Oh Tina, das ist ja schrecklich.

Will sie sich rächen, weil du sie nach Thailand geschickt hast?"

„Vermutlich, sie hat sich bitter beschwert, weil es im Hochsommer so drückend war. Sie hätte es fast nicht ausgehalten. Mir mutet sie es für mein restliches Leben zu. Ich bin entsetzt."

„War das Verhältnis zwischen deinen Kindern und dir immer so angespannt?"

Ihre Freundin dachte nach.

„Nein, das fing erst vor ca. 6 Jahren an. Ich bemerkte bei Beate, dass ihr finanzielle Vorteile enorm wichtig wurden. Auf dem Sterbebett sagte Werner zu mir:"

Lass dir das Zepter von den Kindern nicht aus der Hand nehmen. Sie bekommen genug, wenn es uns nicht mehr gibt. Wir haben viel für unseren Erfolg gearbeitet. Du weißt, ich liebe unsere Kinder, aber ich habe schon bemerkt, wie sich Beate verändert hat. Und Britta zieht ihr nach.

„Erst nach Werners Tod habe ich sie beobachtet und sie mit anderen Augen gesehen. Ich muss ihm recht geben. Ganz massiv fing es schon an Werners

Beerdigung an. Ich hatte einen großen Streit mit Beate. Sie wollte den billigsten Sarg für ihren Vater nehmen. Ich wies sie in ihre Schranken und teilte ihr dann meine Entscheidung mit. Das hat mich in der Zeit sehr verletzt. Ich habe mir mehr seelische Hilfe von meinen Töchtern erhofft.

Ich weiß genau, Werner hätte seine Freude an unseren Unternehmungen. Manchmal erscheint er mir im Traum und dann nickt er zustimmend. Aus diesem Grund werde ich weiter Katz und Maus spielen. Sie sollen merken, dass ihre Mutter noch nicht senil geworden ist. Ich hoffe, du kommst mit mir."

„Meine liebe Tina, auch wenn ich es dir nie zurückzahlen kann, bin ich gerne an deiner Seite. Ich merke, dass mehr Fröhlichkeit in mein Leben trat, als ich dich beim Friseur traf."

„Das freut mich und mach dir über das Geld keine Sorgen. Wir sind jetzt sehr flüssig, denk an die Vasen.", dabei schmunzelte sie.

„Was hältst du von Dunen bei Cuxhaven als nächsten Trip?"

„Oh ich liebe die Nord- und Ostsee. Eine Story gibt es aber, an der ich mich nicht so gerne erinnere."

„Erzähle, was hast du angestellt."

„Wie kommst du darauf, dass ich etwas angestellt habe?", fragte Uschi mit einem Grinsen im Gesicht.

„Ich kenne dein Grinsen, dann kommt meistens etwas Lustiges dabei heraus."

„So lustig war es nicht, obwohl Kurt da wieder den Kopf geschüttelt hat. Ich muss etwas ausholen."

„Nur zu, wir haben Zeit.", freute sich Tina.

Wir verbrachten einige Tage in Laboe an der Ostsee. Dort lag ein U-Boot am Strand.

Bei Kriegsende fiel das Boot als Kriegsbeute an Großbritannien, verblieb aber in seinem norwegischen Stützpunkt und wurde nicht bei der

Operation Deadlight vernichtet. Es wurde dann Norwegen als Kriegsbeute zugesprochen und 1946 der norwegischen Marine übergeben. Dort war es von 1952 bis 1962 als Schulboot unter dem Namen Kaura mit Heimathafen Narvik im Dienst. 1965 musterte die norwegische Marine das U-Boot aus. Es wurde zu einem symbolischen Preis von einer Deutschen Mark an Deutschland zurückgegeben und dort bis 1971 wieder in den Zustand vom Mai 1945 zurückversetzt. Der heute sichtbare Turm des Bootes ist eine Attrappe, ebenso einige der Aufbauten auf dem Vorderdeck. ©Wikipedia

Seit dem 13. März 1972 liegt es am Fuße des Marine-Ehrenmals in Laboe und kann dort besichtigt werden. So fing mein Dilemma an. Kurt schwärmte für das U-Boot. Ich hatte schon immer Platzangst. Mir fiel kein plausibler Grund ein, warum ich mir das nicht anschauen wollte. So musste ich in den sauren Apfel beißen und in dieses Ding steigen. Ich sah es mir kurz an und war schon wieder draußen. Dort wartete ich auf Kurt. Er kam lachend heraus und nahm mich in den Arm. Lächelnd erklärte er mir:

„Ein Blitz könnte nicht schneller durch das U-Boot gerast sein, als du."

„Stimmt schon, ich war zügig wieder draußen. Kurt wunderte sich sehr, dass ich ihm im Detail erklären konnte, was ich innen sah. Damit hat er nicht gerechnet."

„Ha ha, ja das ist meine Uschi, wie ich dich kenne. Ich kann mich an deine Platzangst erinnern. Hättest du Kurt nicht sagen können, dass du da nicht rein magst?"

„Ich wollte ihm die Freude nicht nehmen. Ich sah doch, wie gerne er das mochte. Ohne mich, hätte er auch verzichtet, das wollte ich nicht. Danach sind wir in das Marine-Ehrenmal gegangen. Das war schon beklemmend, zu lesen, wie viele Marine-Soldaten in den beiden Weltkriegen umgekommen sind. Ich war froh, als wir wieder in unserer Ferienwohnung waren. Das ist irgendwie nicht meine Welt."

„Nicht böse sein, dass ich schmunzele, aber ich kann mich dich so gut vorstellen, wie du durch das U-Boot geflitzt bist. Mit dem Rest gebe ich dir recht, das ist beklemmend, wie viele Menschen durch die Kriege gestorben sind."

„Fein Frau Wichtig, lass uns Pläne für Dunen schmieden."

„Tina, Cuxhaven finde ich sehr schön, und doch gab es dort eine Begegnung, die kein Mensch braucht."

„Erzähle Uschi, ich bin gespannt."

„Spekulativ war nur eine Sache. Wie gesagt, wir beide liebten das Meer. Wir mieteten uns eine schöne Ferienwohnung nicht weit vom Deich. Wir nahmen einige Lebensmittel für das Frühstück mit. Unter anderem war es eine Dose Cornedbeef. Kurt lief immer zum Bäcker und ich deckte den Tisch.

Ich öffnete die Dose, du weißt, das sind die Dosen mit dem Schlüssel unten. Das war nicht das Problem, aber als ich die beiden Teile auseinanderzog, rutschte ich ab. Dabei schnitt ich mir in meinem rechten Zeigefinger. Oh man das Blut spritze. Die Küchenrolle war genau auf der anderen Seite von mir. Ich brauchte sie, damit tropfte das Blut auf den Boden. Mit dem Küchenpapier um den Finger wartete ich auf Kurt. Als er kam, fragte ich ihn, ob er ein Pflaster hätte. Er sah das ganze Blut auf dem Boden und rannte ans Auto. Ich glaube, er ist noch nie so schnell die Treppe runter und wieder hochgekommen. Dann nahm er vorsichtig das Küchenpapier ab und sah die Wunde. Er meinte:

„Du musst zum Arzt damit, dass muss genäht werden."

Ich brauche dir nicht zu erklären, dass ich davon nichts wissen wollte. Kurt machte mit dem Pflaster ein Druckverband und überlegte. Damals gab es den Schokoriegel Daim. Das vergesse ich nicht. In der Reklame gab es den Slogan: »Dein erstes Daim vergisst du nie«, diese Reklame bekam für uns eine ganz neue Bedeutung. Denn Kurt machte aus der Pappe von dem Daim eine Fingerschiene und band den Finger damit ein. Was soll ich dir sagen, das half. Kurt meinte, wenn ich den Finger beuge, könnte die Wunde wieder aufgehen. Ich hatte vor dem 1. Verbandswechsel Panik. Es tat weh und ja die Wunde ging wieder auf. Wieder wollte Kurt mich ins Krankenhaus fahren, anfangs war ich einverstanden, aber als wir die Hälfte des Weges gefahren sind, sagte ich, nein. Ich erinnerte mich daran, dass eine Freundin von einem Professor genäht wurde und er ein Loch gelassen hat. Das war auch ihr Zeigefinger und sie war Friseuse. In dieses Loch sind immer Haare gefallen und es entzündete sich immer wieder. Ich konnte mich durchsetzen, und schau mein Finger, er hat nur eine feine Narbe.“

„Au backe Uschi, das hätte auch schief gehen können."

„Ach nee, man muss nur auf seinen Körper hören." Beide lächelten, aber aus verschiedenen Gründen.

„Was wollen wir nehmen, ein Hotel oder eine Ferienwohnung."

„Eine Ferienwohnung wäre nicht schlecht.", meinte Uschi.

„Das bin ich nicht gewohnt, aber warum nicht. Schau hier, die Anlage scheint OK zu sein und es sind nur ein paar Meter zum Deich."

„Oh schau, die sind schon ausgebucht."

„Schade, aber schau mal hier, Hotel Deichwelle. In der Nähe des Yachthafens und des Lotsenviertels mit seinen vielen Geschäften und Cafés. Schau dir nur die Bilder an. Sie haben schöne geräumige Zimmer. Ach schau doch nur, das Buffet. Und viel Käse haben sie. Komm, wir buchen es. Bist du einverstanden?"

„Ja das sieht sehr ansprechend aus. Ich liebe Käse zum Frühstück. Lass es uns buchen."

„Schau mal Tina, die MS-Helgoland fährt mit verflüssigtem Erdgas. Das ist ja cool. Endlich passiert mal was für die Umwelt. Das kann man nur unterstützen."

Kurzerhand wurde ein weiterer Trip für 7 Tage gebucht. Sie suchten sich eine Bahnfahrt von Frankfurt nach Cuxhaven mit einmaligem Umsteigen. Die Reisedauer betrug 5 Stunden und 29 Minuten. Sie buchten die 1. Klasse. Es ging von Frankfurt nach Hamburg/Harburg und von dort weiter nach Cuxhaven. Sie buchten ein Mittelklasse-Auto am Hauptbahnhof. So konnten sie entspannt und bequem nach Dunen in ihr Hotel fahren. Im Zugabteil trafen sie auf einen lustigen Kauz von einem Mann. Larion war sein Name. Er kam aus Frankreich und erzählte aus seinem Leben, wie es ihm gefiel. So erklärte er, dass sein Name »der Fröhliche« bedeutet. Das konnten

Uschi und Tina nachvollziehen. Alleine schon wegen seinem französischen Akzent, klang alles sehr erheiternd. Er wusste die schönsten Anekdoten zu erzählen. Larion freute sich, die beiden Frauen gut zu unterhalten. Als Larion den Grund ihrer Reise erfuhr, bestätigte er ihr Vorhaben.

„Oh ja, ich weiß, der Beruf einer Anwältin ist nicht immer leicht. Da kann man nur sehr selten um 17 Uhr Feierabend machen. Meine Mutter war Anwältin. Lassen Sie sich nicht beirren, Sie tun genau das Richtige. Es ist Ihr Leben. Ich kann Ihnen nur raten, genießen Sie es. Ich kenne Cuxhaven sehr gut. Sie müssen unbedingt nach Helgoland fahren. Es ist sehr schön und die neuen Schiffe müssen nicht mehr Ausbooten, obwohl auch das sehr reizvoll sein kann."

„Das haben wir vor, Larion.", erwiderte Uschi.

Sie hatten Spaß mit ihm, und so verging die Reisezeit schnell. Der Mann schien ein

Alleinunterhalter zu sein. So viel hatten sie schon lange nicht gelacht. Eine Wohltat für Uschi und Tina. Larion erzählte so plastisch. Da blieb kein Auge trocken. Er stieg eine Station früher aus. Man wünschte sich eine angenehme Zeit.

In Cuxhaven bekamen sie ihren gemieteten Leihwagen und sie fuhren zum Hotel. Uschi war begeistert, als sie das Meer sah. Es war ruhig und glatt. Die Sonne spiegelte sich glitzernd im Meer. Vor Reiseantritt schrieb Tina einen Brief an ihre Tochter Beate.

Meine liebe Tochter Beate,
vielen Dank für deine freundliche Empfehlung, mir ständig Prospeckte über Seniorenheime zukommen zu lassen. Deinen Brief habe ich zur Kenntnis genommen. Ich möchte dich bitten, dieses zu lassen, denn ich gedenke nicht, auch nur eines in Betracht zu ziehen. Es wundert mich, dass du keine Kosten und Mühen scheust, mir nachzureisen. Wird das nicht ein bisschen

zu teuer? Wie erklärst du deinem Mann diese Kosten? Glaube nicht, dass du sie von mir erstattet bekommst. Ich habe dich nicht beauftragt dieses zu tun. Und wenn du nach Thailand fliegst, ist das nicht meine Schuld. Alles deine Entscheidungen. Wenn ich dich oder deine Schwester Britta bei mir haben möchte, lade ich euch ein, wie ich es immer tat. So werde ich mich mit euch auch nicht mehr über euer Erbe unterhalten. Es geht den normalen Gang. Alles ist urkundlich bei einem Notar hinterlegt.

Ich werde mein Leben jetzt genießen, das habe ich mir nach meinem langen Arbeitsleben verdient. Ich bitte meine Töchter darum, das zu akzeptieren und zu respektieren. Eine Bitte habe ich an dich, zeige diesen Brief bitte Britta.

Ich liebe euch beide.

Eure Mutter.

Das Hotel gefiel den Freundinnen. Alles war picobello sauber. Das Zimmer geräumig. Zwei große Betten, ein Tisch mit Stuhl und eine kleine Leseecke mit zwei Stühlen und einem Glastisch. Im Badezimmer waren eine Dusche und eine Badewanne vorhanden. Im Flur stand ein großer Kleiderschrank. Wenn sie aus dem Fenster schauten, konnten sie das Meer sehen und die großen Containerschiffe, die vorüberfuhren. Das begeisterte insbesondere Uschi. Sie kam augenblicklich ins Schwärmen. Sie öffnete die Balkontür und trat hinaus. Die Luft roch nach dem Salzwasser. Uschi atmete tief ein und aus. Ihre Freundin kam auf sie zu und schlang ihre Arme um die Schultern von Uschi. Tina freute sich mit ihr. Beide waren der Meinung, dass sie eine gute Wahl getroffen haben. Rechts sahen sie, dass dort die Einkaufsstraße begann. Das juckte Tina in den Fingern, aber sie hielt inne und sie genossen den Ausblick.

Uschi hasst das Einkaufen, aber ihrer Freundin zu Liebe, sagte sie nichts und lief ihr hinterher.

Zum Abendessen im Hotel, gab es ein großes Buffet mit einem großen Käsebuffet. Den Freundinnen lief das Wasser im Mund zusammen. Uschi fing mit dem Käse an. Sie unternahmen, was ihnen gefiel. Die Fahrt mit der MS-Flipper von Cuxhaven, »Alte liebe« zu den Seehundbänken. Bei Niedrigwasser werden die Sandbänke trocken und werden von ganzen Seehund-Rudeln bevölkert. Die Schiffe fahren immer mit Abstand, damit die Tiere nicht gestört werden. Die Passagiere aber können Fotoaufnahmen machen. Die Fahrt wird 10 km elbaufwärts befahren. Tina und Uschi nahmen das Angebot gerne an. Besonders Uschi machte viele schöne Fotos.

Sie unternahmen eine Wattwagenfahrt zu der Insel Neuwerk. Dort wurde ihnen erzählt, dass es dort den besten, Original Helgoländer Eiergrog gibt. Den wollten sie auf jeden Fall probieren. Und er schmeckte ihnen so gut, dass sie sich das Rezept aufschrieben:

1 Eigelb

1 EL Zucker

4 cl Weinbrand (Arrak)

4 cl brauner Rum

Heißes Wasser

Das Eigelb wird mit dem Zucker in einem vorgewärmten Eiergrogglas gut schaumig gerührt. Rum und Arrak hinzufügen und mit heißem Wasser auffüllen.

Tina und Uschi waren begeistert. Sie schworen sich, dass sie ihn den ganzen Winter trinken wollten. Dann war frieren kein Thema mehr. Der Fahrer des Gespanns sponn auf dem Heimweg ebenso viel Seemannsgarn wie auf der Hinfahrt. Alle hatten viel Spaß und lachten viel. Da Tina und Uschi etwas von dem Eier Grog beschwipst waren, lachten sie ununterbrochen die gesamte Überfahrt.

Neuwerk ist eine bewohnte deutsche Insel im südlichen Teil der Helgoländer Bucht bzw. am

Südweststrand der Außenelbe. 40 Einwohner hat die Insel.

Tina und Uschi liefen oft am Strand entlang. Sie fanden am Strand eine Hängematte zwischen zwei Baumstämmen. Sie setzten sich darauf und schauten auf das Meer. Am Horizont sahen sie die großen Schiffe vorbeifahren. Es war frisch an diesem Tag. Mit den Windjacken machte es trotzdem Spaß, den Wellen zuzuschauen.

Das High light war die Fahrt nach Helgoland mit der MS-Helgoland. Die Fahrt war die reinste Erholung für Tina und Uschi. Sie aßen leckeren Kuchen und tranken Kaffee. Als sie an Land kamen, hatten sie 4 Stunden Zeit die Insel zu erkunden. Sie liefen zu der »Langen Anna«, soweit sie herankamen. Zum Schluss kauften sie zollfrei ein. Auf der MS-Helgoland nahmen sie ihr Abendessen ein. Glücklich mit vielen Erlebnissen, kehrten sie in ihr Hotelzimmer in Dunen zurück. Sie fielen gleich ins Bett und träumten von ihrer Reise.

Am nächsten Tag überlegte Tina und sie schmunzelte.

„Tina, an was denkst du? Du heckst doch etwas aus. Ich sehe es dir an deiner Nasenspitze an."

„In der Tat dachte ich an etwas. Du kennst mich zu gut. Wir sollten wieder einmal nach Wiesbaden fahren und so langsam meinen Plunder verkaufen. Ich brauche ihn nicht und meine Tochter Beate hat ihn nicht verdient. Was meinst du?"

„Erstens hast du keinen Plunder, sondern erlesene Stücke, zweitens sehe ich schon, die nächste Lektion ist für dich fällig."

„Ja genau und dieses Mal werde ich meinen Cousin Arno fragen, ob er uns hilft. Wenn er das erfährt, hilft er mir sicher gerne. Er ist auch ein sehr guter Anwalt.

Noch haben wir zwei Tage hier Zeit. Die werden wir genießen."

Am nächsten Abend stand ein Theaterstück an.

»Jungfrau mit Fünflingen«. Es war ein lustiges Stück. Tina und Uschi lachten herzhaft. Den Freundinnen tat es gut.

Wiesbaden

Als sie wieder zu Hause waren, wurde zuerst die Waschmaschine angestellt. Schnell war die Hausarbeit erledigt. Tina hatte erst jetzt Zeit die Post durchzusehen. Wieder lagen Prospekte von Seniorenheimen darunter. *Ja wie viele gibt es denn noch davon,* dachte sie sich. Über ein Prospekt musste sie nun doch schmunzeln. Dieses Mal war ein Angebot einer Schweizer Firma für die Pflege Angehöriger in Thailand darunter. Kostengünstig für nur 1.524,15€ im Monat.

Mit Rundumbetreuung inkl. Frühstück, Wäsche, Massagen, diversen Ausflügen und vieles mehr. *– Sie können es einfach nicht lassen.-,* murmelte sie vor sich hin.

Als Uschi ins Zimmer kam, sah sie das bedrückte Gesicht ihrer Freundin.

„Schon wieder schlechte Nachrichten?"

„Man müsste darüber lachen, wenn es nicht so traurig wäre. Schau dir an, wo sie mich hinbringen wollen. Damit die Angehörigen nicht zu viele Kosten haben."

„Nein, das darf doch nicht wahr sein. Wie können sich Kinder nur so rasch ändern. Das macht einem Angst und Bange, Tina."

„Das kann ich dir sagen, wenn der König Geld dir die Sinne vernebelt, dann glauben manche Leute ganz besonders schlau zu sein.", meinte Tina traurig.

Uschi ahnte schon, dass es besser wäre, wenn sie ihren Koffer packte. Sie war gespannt, was nach Wiesbaden kommt. Tina und Uschi saßen gemütlich in Uschis Wohnung am Kaffeetisch, als Tina ihren Cousin Arno anrief.

„Hallo Arno, wie geht es dir und deiner Familie? Alle wohlauf?"

„Ja liebe Tina, was kann ich für dich tun?"

„Arno, würdest du mich und meine Freundin nach Wiesbaden begleiten? Ich würde gerne bei Jens Jansen meinen Sekretär verkaufen. Du weißt schon, in der Antik Show."

„Ich kann mit euch fahren, warte mal, ich schau gerade in mein Terminkalender nach. Ja das würde gehen, sagen wir, am nächsten Mittwoch. Kümmerst du dich darum?"

„Ja sicher, ich melde mich noch heute an. Vielen Dank lieber Arno. Danach laden wir dich zum Essen ein."

„Wie immer meine fürsorgliche Cousine." Tina ahnte, dass er jetzt gerade schmunzelte.

„Dann bis nächsten Mittwoch, ich komme zu euch."

„Uschi, ist das OK für dich. Ich habe dich, gerne an meine Seite. Mit dir macht es so viel mehr Spaß. Bitte mache dir um Geld keine Sorgen, ich habe so viel, dass ich es nicht alleine ausgeben kann.

Noch etwas, mir kommt so ein Gedanke, für die nächste Lektion meiner lieblichen Tochter. Wollen wir danach nach Spanien fliegen?"

„Nach Spanien? Was möchtest du dort?"

„Ach ich dachte, ein bisschen Bewegung würde Beate guttun."

„Tina, du sprichst in Rätseln? Was heckst du aus?"

„Ich werde das Gerücht auf Facebook streuen, dass ich den Jakobsweg mit dir gehe. Beate sieht alles, was ich auf Facebook poste. Ich gehe jede Wette ein, sie hat großes Interesse, mich dort zu treffen. Wir müssen mit Arno reden, er ist den Weg einmal gelaufen. Er hat bestimmt seinen Pilgerpass noch. Den leihe ich mir aus und poste ihn."

Uschi hielt ihre Hände vor den Augen.

„Ich wusste nicht, dass Anwälte so rachsüchtig sein können.", schmunzelte Uschi.

„Das werden sie, wenn sie Töchter haben, die nur an dein Geld denken und dich absolut ins

Altersheim stecken wollen. Als wir nach Hause kamen, lagen schon wieder diese Prospekte in meinem Briefkasten. Auch das in Thailand."

„Na dann lass es uns tun, aber du möchtest doch nicht wirklich..."

„Nein wo denkst du hin. Das ist wohl nichts mehr in unserem Alter. Wir suchen uns in Spanien eine schöne Ecke aus und lassen uns die Sonne auf den Bauch scheinen."

Arno kam pünktlich am Morgen des verabredeten Tages. Er brachte seinen Pferde-Anhänger mit.

„Hallo schöne Frauen, womit kann ich zu Diensten sein?"

„Arno du alter Charmeur."

„Hier ist der Sekretär, wir haben ihn schon in Decken gehüllt."

„Ach den Großen möchtest du verkaufen. Der ist aber schön. Deine Töchter möchten ihn nicht?"

Tina zeigte Arno die Prospekte und den Brief.

„Weiß der Teufel, wo sie die ganzen Prospekte herhat."

„Na holla, die ist wohl nicht ganz grün in der Birne. Unter diesen Umständen würde sie den auch nicht von mir bekommen, du hast vollkommen recht."

„Beate drohte mir schon, mich entmündigen zu lassen."

Arno schmunzelte. „Weiß sie nicht, dass es nicht mehr so einfach ist. Auch das Wort Entmündigung gibt es schon lange nicht mehr. Das ist ein Betreuungsverfahren und die Leute müssen damit einverstanden sein."

„Ich weiß es, nur meine Tochter nicht, also lasse ich sie mal machen und gebe ihr eine weitere Lektion."

„Hab keine Angst Tina, das ist nicht leicht, so etwas durchzuboxen. Ich bin entsetzt von deinen Kindern. Das mit der Beerdigung von Werner hat mir schon gereicht."

„Ja ich weiß. Lass uns losfahren."

Mit dem Sackkarren brachten sie den Sekretär vorsichtig aus dem Haus. Dann ging die Fahrt nach Wiesbaden.

Jens Jansen war wie immer freundlich zu ihnen, obwohl er heute etwas distanzierter war, als er Arno sah.

„Ich begrüße euch auf das Herzlichste. Sagen Sie, kennen wir uns nicht?"

„Das ist gut möglich, ich war schon einmal hier."

„Stimmt, waren Sie das nicht, mit den hübschen Zwillings-Vasen?"

„Ja genau ich heiße Tina, das ist meine Freundin Uschi und das hier ist mein lieber Cousin Arno. Er war so liebenswürdig, uns zu fahren."

„Dann bin ich gerne Jens für Sie."

Paul kam gleich herum und begutachtete den Sekretär. Als er fertig war, lief er wieder hinter den Tresen.

„Sie haben einen außergewöhnlich schönen Sekretär mitgebracht. Antiker Style 700 Lombardo Sekretär aus dreierlei Holzarten. Nuss-Holz, Tannen-Holz und Wurzel-Holz. Von Bottega Milanese dei Valentini. Er wurde vor 1890 in Italien produziert. Aus der Barockzeit. Sehr guter Zustand. Dieser Vintage Artikel weist nur geringfügige Gebrauchsspuren auf. Keine Defekte. Dieser Sekretär lässt sich auch heute noch gut verkaufen."

Jens fragte die kleine Gruppe:

„An welchem Preis dachten Sie?"

Tina überlegte.

„Ich dachte an 15.000€"

Das ist ein stolzer Preis. Damit sah er Paul an.

„Da der Sekretär nur geringfügige Gebrauchsspuren hat, würde ich etwas höher gehen, und ihn auf 18.500€ schätzen."

Uschi schluckte. Jens führte sie zum Eingang der Händler.

„Wartet bitte hier, der Sekretär wird heraufgebracht."

Als sie eintreten konnten, stand der Sekretär schon im Raum und vier der fünf Händler, standen um den Sekretär. Sie begutachteten ihn genau.

„Sie haben uns ein exzellentes Möbelstück vor 1890 mitgebracht. Erbaut von Bottega Milanese dei Valentini aus Italien." Tina stimmte ihm zu. Alle Händler waren begeistert und überboten sich. Bei 21.500€ stoppten sie.

„Würden Sie Herren Scholz den Sekretär für 21.500€ verkaufen?"

Nach kurzem Überlegen entschied Tina:

„Ja das würde ich."

„Dann kommen Sie bitte zu mir." Herr Scholz zählte ihr das Geld vor und überreichte es Tina. Sie gaben sich die Hand und der Verkauf war besiegelt.

Draußen auf dem Gang sprach Tina noch einmal in die Kamera:

„Ich freue mich wahnsinnig, dass die Händler mir mehr boten, als die Expertise. Ich habe wirklich 21.500€ bekommen." Tina lächelte siegesgewiss in die Kamera und wedelte mit den Geldscheinen. Dann liefen die drei hinaus und wollten essen gehen.

„So Arno wo möchtest du Essen gehen? Ich sterbe vor Hunger.", erklärte Tina.

„Lass uns in das Steakhouse hier gehen. Es ist nur eine Straße weiter."

„Oh du kennst dich hier aus?", wunderte sich Tina.

„Ja hier in Wiesbaden, habe ich einige Klienten.", schmunzelte Arno.

„Arno, du bist doch auch schon den Jakobsweg gelaufen, hast du noch deinen Pilgerpass?"

Arno wäre fast das Stück Fleisch im Hals steckengeblieben. Er dachte im ersten Moment, dass Tina sich das aufbürden möchte. Er hustete und Tina klopfte ihn auf den Rücken.

„Tina das ist jetzt nicht dein Ernst, dass du die 370 km laufen möchtest, oder?"

„Nein, wo denkst du hin?" Beide lachten herzhaft.

„In meinem Alter möchte ich mich nur entspannen. Aber meinst du nicht auch, dass es besonders geizige Menschen demütiger machen würde?"

„Ich glaube, ich verstehe dich nicht richtig Tina."

„Ich habe dir von den Unternehmungen meiner Tochter Beate erzählt. Sie gibt einfach nicht auf. Reden bringt da nichts. Wenn ich deinen Pilgerpass kurz haben könnte, oder scanne ihn mir ein, dann kann ich ihn bei Facebook hochladen, natürlich ohne deinen Namen zu nennen. Ich gehe jede Wette ein, sie springt darauf an. Sie fährt mir so gerne nach, um mich zu überzeugen, dass ich im Heim besser aufgehoben bin. Und sie bekommt dann mein Vermögen."

Arno schmunzelte.

„Ich muss sagen, das gefällt mir. Ja du kannst ihn haben. Ich scanne dir die Vorderseite ein, und schicke ihn dir. Beate wird dir glauben."

„Das ist wunderbar. Ich danke dir. Bitte lass mich kurz ein Anruf tätigen.

Hallo Peter schön dich zu hören, sage mal wolltest du nicht auch einmal den Jakobsweg laufen? Hast du dich schon entschieden, wann? So, das passt ja. Können wir uns eventuell heute Abend treffen? Dann bekommst du die Details. Tschau bis später."

Uschi und Tina schauten sich fragend an. Arno erklärte ihnen:

„Mein bester Freund wollte schon immer den Jakobsweg laufen und er möchte ihn bald laufen, wie er mir versicherte. Es ist doch für euch angenehm, zu erfahren, ob Beate dort gesichtet wird, oder?

Tina klatschte vor Freude in die Hände.

„Das wäre wundervoll."

„Ich werde heute Abend mit Peter sprechen. Ich weiß, er ist ein Narr mit Filmen. Vielleicht kann er euch auch kleine Filmchen zeigen, aber das erfahre ich erst heute Abend. Bitte gib mir deine Telefonnummer. Die alte, die ich hatte, geht nicht mehr."

Tina erzählte ihm, Wie es zustande kam, dass Beate nach Thailand flog.

„Oh ich liebe so etwas. Nur so kann man seine Mitmenschen bei Laune halten.", meinte Arno und lachte herzhaft.

Sie fuhren nach Hause und Arno weiter zu seinem Freund.

Als Arno zu Peter kam, freute sich dieser, seinen Freund zu sehen.

„Komm herein und trink ein Bier mit mir."

„Sehr gerne. Hast du dir schon überlegt, wann du den Jakobsweg laufen möchtest?"

„Und du erzähle mir bitte, warum dich die Antwort so sehr interessiert."

„Meine Lieblingscousine erzählte mir, dass ihre Kinder sie so schnell wie möglich ins Altersheim oder Seniorenheim bringen möchten, um an ihr Vermögen zu kommen. Klar, dass es ihr nicht gefällt. Die eine Tochter fährt ihr überall nach, nur um ihre Mutter entmündigen zu lassen. Nichtwissend, dass es nicht so einfach geht. Meine Cousine ist noch sehr fit und sie unternimmt so einige Reisen mit ihrer Freundin. Peter, ich kann dir sagen, ich habe Tina noch nie so glücklich gesehen, wie heute. Die Freundinnen haben sich vor kurzem erst nach 40 Jahren beim Friseur wiedergesehen. Das nur in Kürze. Nun ist sie der Meinung, ihrer Tochter würde über den Jakobsweg ein wenig Demut guttun. Deshalb fragte ich dich."

„Meine Güte, da tun sich ja Krater auf, bei dieser Familie. Und wie kann ich euch helfen?"

„Wir gehen davon aus, dass ihre Tochter Beate zum Jakobsweg kommt, um ihrer Mutter habhaft zu werden und nach Hause zu holen. Vielleicht könntest du Tina kleine Infos zukommen lassen, ob du ihre Tochter zu sehen bekommst. Ich kenne dich alten Fuchs, dass du ihr sicher so kleine Filmsequenzen zukommen lassen kannst. Meine Cousine wird sich in Barcelona im W Hotel aufhalten." Dabei grinste Arno.

„Unter diesen Umständen helfe ich euch gerne. So etwas kann ich nicht leiden, wenn man nur aus Geldgier seine Eltern abschieben will. Du weißt ich liebe die Filmerei."

„Eben drum. Peter ich danke dir. Hier ist ihre Telefonnummer. Sie ist auch über Whats-App zu erreichen. Diese kleine Freude mache ich meiner Cousine gerne. Wir müssen nur noch einen Termin ausmachen. Hier ist auch ein Bild von Beate."

„Oh sehr freundlich schaut sie nicht in die Kamera."

„Ich glaube, raffgierige Menschen können nicht anders schauen. Traurig aber wahr."

Später erzählte Arno Tina von Peter. Er schlug ein Treffen vor, wo sie sich austauschen können. Peter fand in Tina eine sehr aufgeschlossene taffe Frau. Sie besprachen alles und einigten sich auf Donnerstag nächster Woche. Tina hatte alles in die Wege geleitet. Ihre Facebookseite bekam von Tina den entsprechenden Hinweis, dass sie vorhabe den Jakobsweg zu beschreiten. Einige User fragten, ob es für sie nicht zu anstrengend sei. Da sie mit ihrer ganzen Leidenschaft erzählte, dass sie nicht alleine läuft, sondern ihre Freundin sie begleite, waren alle Unklarheiten beseitigt. Jeder wünschte ihr Glück und Erfolg.

Beates Anruf

„Britta sie hat es schon wieder getan. Ich bin außer mir vor Wut."

„Guten Tag liebe Schwester, wer hat was wieder getan?"

„Unsere Mutter war schon wieder bei Jens Jansen und hat MEINEN Sekretär verkauft. Und sie hat 21.500€ bekommen. Das ist unser Geld, Britta. Und ihr Cousin Arno war dabei. Na den knüpfe ich mir vor." Warte einen Moment, ich rufe dich gleich zurück.

Im Internet war es nicht schwer die Telefonnummer von Arno herauszubekommen. Er ist ein sehr bekannter Anwalt. Seine Sekretärin wollte diesen Anruf nicht durchstellen.

„Hören Sie zu, sie sind nur die Tippse von Arno. Hier geht es um eine wichtige

Familienangelegenheit. Also stellen Sie mich augenblicklich durch."

„Herr Weber, hier ist eine Beate am Telefon und sie ist mehr als unhöflich. Sie meinte, es gehe um eine wichtige Familienangelegenheit. Was soll ich tun?"

„Es ist Okay, stellen sie den Anruf durch. Ich habe schon damit gerechnet, dass sie anruft."

„Herr Weber ist jetzt bereit für Sie.", antwortete die Sekretärin Spitz.

„Hallo Arno, hier ist Beate. Wie konntest du nur Mutter helfen meinen Sekretär zu verkaufen?"

„Guten Tag Beate. Seit wann ist es dein Sekretär? Er gehört deiner Mutter und sie kann damit tun und lassen, was sie möchte."

„Nein, er wurde mir versprochen?"

„Hast du das schriftlich von deinem Vater oder deiner Mutter?", antwortete Arno gelassen.

„Natürlich nicht, in der Familie braucht man das nicht."

„Oh doch meine Liebe, es muss zumindest eine Schenkungsurkunde, oder ein Schenkungsvertrag vorhanden sein, dass der Besitz auf die Kinder übergegangen ist. Es gibt nur die Handschenkung, wenn der geschenkte Gegenstand schon den Besitzer gewechselt hat. Da dies nicht geschehen ist, bleibt der Besitz in der Hand deiner Mutter. Nachzulesen im §516 BGB."

Arno musste schmunzeln.

„Komm mir ja nicht mit euren blöden Gesetzen. Wir sprechen uns noch." Beate war so wütend, dass sie das Gespräch abrupt beendete.

Britta versuchte die Wogen zu glätten.

„Beate, noch ist es ihr Sekretär gewesen. Ob sie Geld braucht?"

„Unsere Mutter hatte Geld wie Heu. Das kann doch nicht alles weg sein."

„Britta ich habe nicht viel Zeit, ich habe bei ihr auf Facebook gesehen, dass sie nun vollends durchdreht. Sie hat einen Pass für den Jakobsweg."

„Für den Jakobsweg? Das ist in der Tat seltsam. Da muss man doch ganz schön Kondition haben. Mutter ist 66 Jahre alt. Hmm das stimmt mich nachdenklich."

„Sag ich doch. Ich werde hinfliegen und mit ihr wieder nach Hause kommen. Gut das sie geschrieben hat, welchen Weg sie geht. Sie nimmt den Santiago de Compostela Weg. Wenn ich schnell genug bin, kriege ich sie vorher. Sie muss doch endlich einsehen, dass sie nicht mehr zurechnungsfähig ist. Dann haben wir ausgesorgt, Britta."

„Beate, glaubst du, dass du es schaffen kannst. Ich habe gehört, dass der Weg beschwerlich ist."

„Ach Papalapapp, ich bin schon wegen den Kindern auf Trapp. Außerdem ist es für einen guten Zweck.", lächelte Beate vielversprechend.

„Kann ich dich wegen den Kindern unterstützen?"

„Nein, da frage ich meine Schwiegereltern. Ich muss das erst einmal Bernd verklickern. Der weiß es noch nicht."

Es war eine schwierige Unterhaltung, als Beate wieder Reisegeld brauchte. Dieses Mal konnte sie nicht mit Bestimmtheit sagen, wie lange die Reise dauert.

„Beate, höre doch langsam auf, deiner Mutter hinterher zu jagen."

„Bernd, sie ist nicht mehr zurechnungsfähig, ich muss da etwas unternehmen. Es ist doch zu ihrem eigenen Schutz. Schau doch nur, was sie schon alles verkauft hat. Sogar meinen Sekretär."

„Mensch Beate wach auf, die Möbel gehören deiner Mutter, sie kann damit tun, was sie möchte. Schau dich doch um, wir haben ein tolles Haus und du hast hier deinen Antiken Sekretär."

„Schon, aber ich habe mit Britta gesprochen, wie schön das wäre, wenn wir zusammen in einem Haus wohnen würden. Das wäre für die Kinder gut. Und das Haus meiner Mutter ist doch viel zu groß für sie. Ich suche ihr doch schon ein Seniorenheim. Schau doch mal hier, sogar in Thailand bieten sie so etwas an."

„Sagtest du mir nicht, dass es in Thailand im Sommer zu feucht und stickig sei? Und das möchtest du deiner Mutter antun. Ich verstehe dich nicht mehr. Was sagt Britta und ihre Familie dazu?"

„Na ja sie schwächelt, aber das bekomme ich schon hin. Sie war schon immer ein Weichei." Beate dachte sich: *Soll Mutter doch in Thailand auch ein bisschen leiden, wie ich.*

„Beate, noch etwas, du fühlst dich fit genug für den Jakobsweg? Was du mir beschrieben hast, sind es 370 km."

„Ach die brauche ich doch nicht. Ich werde sie auf dem Weg irgendwo treffen und mit ihr nach Hause kommen. Bitte Bernd, lass mich nach Spanien fliegen."

Bernd seufzte, *ich kann ihr eh keinen Wunsch abschlagen,* dachte er bei sich.

„Na gut, aber die Aktionen müssen dann aufhören, hörst du?"

„Das verspreche ich dir, danach wird Mutter ohnehin zustimmen, ins Seniorenheim zu gehen.", lächelte sie siegesgewiss.

Beate freute sich, dass der Flug nach Santander recht günstig war. Damit würde Bernd besänftigt sein. Sie kaufte sich nur einen kleinen Rucksack. Lange hatte sie nicht vor, zu bleiben.

Jakobsweg 1

Als Beate am besagten Tag in Santander um 17:10 Uhr landete, musste sie sich ein Hotelzimmer suchen. Den Pilgerpass bekam sie erst am nächsten Tag. Für die Schönheit des Badeortes hatte sie nichts übrig. Auch den traumhaften Sonnenuntergang beachtete sie nicht. Sie achtete genau auf die Fotos ihrer Mutter, damit andere sie erkennen.

Am nächsten Tag besorgte sie sich den Pilgerpass, um 9:30 Uhr lief sie los. Obwohl es schon Herbst war, brannte die Sonne vom Himmel. Beate schaute hinauf und befürchtete, dass es ein heißer Tag werden würde. Sie staunte, wie groß die Rucksäcke der anderen Pilger waren. Nach drei Stunden laufen, traf sie die ersten Pilger und sie zeigte ihnen das Foto ihrer Mutter, aber niemand erkannte die Frau auf dem Bild. Sie hatte ein paar Schwierigkeiten mit der Sprache.

Spanisch sprach sie nicht und auch ihr englisch war eher mittelmäßig. Auf einem großen Stein sah sie einen Mann mittleren Alters sitzen. Er schälte sich eine Orange. Er hatte spitzbübische Grübchen und sah lustig aus. Der fremde Mann hatte helle Haare, demnach war es kein Spanier, sinnierte sie. Sie stellte sich zu ihm und sprach ihn an.

„Hallo guten Tag, haben Sie diese Frau gesehen?"

Peter betrachtete die Frau auf dem Foto und war erstaunt, Tinas Tochter schon jetzt zu treffen.

„Guten Tag, wir können uns in Deutsch unterhalten, ich bin Peter. Nein ich habe diese Frau nicht gesehen. Gibt es einen Grund, warum sie gesucht wird? Peter tat teilnahmslos.

„Ja ich suche meine Mutter. Unsere Familie befürchtet, dass sie sich hier zu viel zugemutet hat. Ich bin hier, um sie nach Hause zu holen."

Sie haben einen sehr kleinen Rucksack, bekommen sie dort alles hinein?", begehrte er zu wissen.

„Ich gebe zu, ich wollte nicht den ganzen Jakobsweg laufen, nur bis ich meine Mutter treffen kann."

Peter nicke.

„Sagen Sie, wäre es okay für Sie, wenn ich Sie mit dem Foto ihrer Frau Mutter auf meinem Handy aufnehmen kann, dann wüssten die anderen Leute, die ich treffe, worum es geht?"

Beate überlegte und dann stimmte sie zu. Nett von dem Mann, der ihr helfen wollte, endlich ihrer Mutter zu finden. Sie stellte sich in Positur mit dem Bild ihrer Mutter in der rechten Hand. Dann sprach sie:

„Bitte, wer hat diese Frau gesehen, sie hat sich zu viel zugemutet und ich muss sie nach Hause holen. Könnte auch sein, dass sie geistig verwirrt ist. Wer sie gesehen hat, möge mich bitte unter der Handy-

Nummer 01717356785 anrufen. Bitte helfen sie mir. Danke."

Dass sie verschwitzt aussah und leicht humpelte, war ihr egal, sie wollte endlich auf ihre Mutter treffen. Sie bedankte sich und lief weiter. Das Laufen fiel ihr immer schwerer. Sie hatte sich Blasen gelaufen die schon bluteten. Sie hätte doch nicht die Laufschuhe ihrer Schwester nehmen sollen. Pflaster hatte sie nicht dabei.

Sie traf nach einer weiteren Stunde einen anderen Pilger. Wieder zeigte sie auf das Foto ihrer Mutter, und wieder kannte niemand diese Frau.

„Junge Frau, sie müssen gleichmäßige Schritte laufen, sonst schaffen sie ihr Pensum nicht.", wurde sie angesprochen.

„Das strengt sie sonst zu sehr an."

„Danke.", sprach sie launisch. Sie schwitzte noch mehr und fühlte sich nicht wohl. Die Beine wurden immer schwerer, die Blasen schmerzten. Beate setzte sich ins Gras und fing an zu weinen. Vor Erschöpfung schlief sie ein.

Ein Traktor mit Anhänger fuhr vorbei. Als der Fahrer die Frau liegen sah, griff er zum Handy: Hola Pepe, tenemos una dama que se ha gastado. La traigo conmigo. No todos los peregrinos son buenos peregrinos. (Hallo Pepe, wir haben eine Lady, die sich verausgabt hat. Ich bringe sie mit. Nicht alle Pilger, sind gute Pilger.) Von alledem hat Beate nichts mitbekommen. Sie wachte in einer kleinen Kammer auf und war verunsichert. Sie spürte Verbände an ihren Füßen. Ganz vorsichtig stand sie auf, und urplötzlich wurde ihr schwindelig. *Oh man, wo bin ich hier gelandet?* vorsichtig stand sie auf und öffnete die Tür. Ein Mann kam ihr gleich entgegen.

„Oh Sie sind aufgewacht? Guten Tag, ich bin Pepes Freund Eros. Ich spreche ihre Sprache. Wie geht es Ihnen? Kommen Sie, setzen Sie sich, ich koche Ihnen erst einmal einen Kaffee."

„Ja danke, wo bin ich hier?"

„Nicht weit von der Stelle, wo Pepe Sie gefunden hat. Sorry Lady, wir mussten in Ihren Sachen suchen, wie Sie heißen und woher sie kommen. Er hat mich geholt, weil ich Ihre Sprache spreche. Ich habe drei Semester in Heidelberg studiert. Aber sagen Sie mir bitte, wie konnten Sie sich um Gottes willen mit diesem Gepäck auf den Pilgerweg begeben? Sie sind völlig unterversorgt, was ihr Gepäck angeht. Haben Sie nicht einmal den Höhenunterschied bedacht?"

Beate wurde unleidlich, weil sie sich ertappt fühlte.

„Was geht Sie das an, fragte sie patzig."

Eros blieb freundlich.

„Weil Sie nicht die Einzige sind, die wir auflesen und ja, es ist schon einmal eine Frau vor Erschöpfung gestorben, weil wir nicht oft auf dem

Feld sind. Sie haben viel zu wenig zu Trinken dabei. Wir haben zwar Herbst, aber auch hier brennt die Sonne vom Himmel. Sie haben kein Verbandzeug dabei, über Ihre Schuhe möchte man erst gar nicht reden. Ihre Füße waren total blutig."

„Ist ja schon gut. Ich wollte nicht den ganzen Pilgerweg entlang gehen. Ich suche nur meine eigensinnige Mutter. Ich wollte sie nach Hause bringen."

„Sie suchen sie auf dem Pilgerweg, das ist ein schwieriges Unterfangen."

„Wie lange bin ich schon hier?"

„Pepe hat sie vor zwei Tagen hierhergebracht. Sein Bruder ist Arzt und der hat Sie versorgt."

„Oh man schon zwei Tage verloren. Wie soll ich sie finden?"

Beate traute sich nicht, den Fremden ihren waren Grund zu erzählen.

Sie beäugte Eros genau und fand, er wäre ihre Kragenweite. Er hatte irgendetwas Wildes an sich.

Seine schwarzen verwuschelten Haare passten zu seinen pechschwarzen Augen. Manchmal blitzten sie. Nein untreu wollte sie ihren Ehemann nicht sein, aber manchmal in Gedanken...

Eros fühlte den taxierenden Blick von ihr und seine Züge wurden weich. Ja diese Frau war sehr schön. Manchmal verlor sie ihren harten Zug um den Mund und dann erblühte sie zu einer wahren Schönheit. Er musste sich zusammenreißen. Nein er durfte ihre Hilflosigkeit nicht ausnutzen. Vor allem, darf sie nicht bemerken, was in ihm vorging und sehen schon mal gar nicht.

„Schöne Frau, zuerst brauchen Sie richtiges Schuhwerk. Ziehen Sie sich an, wir gehen etwas für Ihre Ausrüstung kaufen. Ich begleite Sie." Damit war Beate einverstanden. Sie wurde etwas zittrig. Sie schollt sich eine dumme Gans. Das fehlte ihr gerade noch, jetzt eine Affäre zu beginnen. Aber wenn sie Eros betrachtete, könnte man schon auf Abwegen kommen. Siedend heiß ging ihr durch den Kopf, wer sie auszog und ins Bett legte. Eine leichte Röte überzog ihr Gesicht. Beate stieg in das Auto von Eros und sie fuhren in die Stadt.

So bekam sie die richtigen Schuhe, Verbandsmaterial, Trinkflaschen und einiges mehr. Leider auch einen größeren Rucksack, wie sie fand. Es fiel auf, dass Eros Erfahrung mit diesen Dingen hat. Sie brachten alles ins Auto und anschließend lud Eros sie zum Essen ein. Ins La Chalota, wie Beate las.

„Hier bekommen sie auch fast heimische Gerichte, wie Steak und Beilagen.", meinte Eros. Beate lächelte. Die Luft schien zu knistern. *Ob er allen Pilgerinnen schöne Augen macht*, dachte sie sich.

Das Essen schmeckte vorzüglich. Beate bedankte sich für die Einladung.

„Was ist der Grund, warum sie den Jakobsweg laufen?", fragte Eros.

Beate nahm ihre Tasse Cappuccino in die Hand und pustete ein bisschen. So gewann sie etwas Zeit für ihre Antwort.

„Ja warum tut man sich das an? Zum einen wollte ich zu mir finden.", log sie.

„Zum anderen wollte ich meine Mutter vor einer Dummheit bewahren. Sie ist 66 Jahre alt und glaubt den Weg zu schaffen."

„Sie müssen ihre Frau Mutter sehr lieben, wenn sie sich diese Strapazen für sie aufnehmen. Sie muss stolz sein, so eine liebevolle Tochter zu haben."

Ja von wegen, dachte Beate, aber das behielt sie für sich. Wie durch Zufall berührten sich ihre Hände. Das Knistern war wieder zu spüren. Ihr Gegenüber fragte sie, ob sie mit zu ihm kommt. Mit zitternden Händen nickte sie. Er drehte sich zu ihr um und küsste sie zuerst sanft und dann stürmisch. Er fuhr los und konnte sich kaum auf den Verkehr konzentrieren.

Eros und Beate verschlangen sich mit ihren Augen. Nur für eine Sekunde dachte sie, was sie gerade tut. Er steuerte den Wagen zu seiner Hütte. Von außen sah es aus, als wenn es nur eine alte Hütte ist, aber von innen war alles supermodern eingerichtet. Beate hatte keine Zeit, sich umzusehen. Eros drückte sie an die Wand und küsste sie. Leidenschaftlich erwiderte sie den Kuss. Dann hob er sie auf und trug sie in sein Schlafzimmer. Dort konnten sie sich nicht schnell genug ausziehen. Als sie später in seinen Armen lag und er sie zärtlich streichelte, war sie selig. Gedanken konnte sie sich später machen, fand sie. Sie gingen Duschen, tranken einen Champagner. Beide wussten, dass sie sich wieder auf den Weg machen sollten.

Sie fuhren zurück. Pepe empfing sie.

„Eros, hast du unserem Gast beim Einkauf gut beraten?"

„Als ob du es gewesen wärst.", antwortete Eros grinsend. Beate stimmte mit ein.

„Ja das hat er sehr gut gemacht, zwinkerte sie ihm zu."

Pepe fiel auf, dass Beate ihre harten Züge im Gesicht verloren hat. Er kratzte sich am Kopf und ging ihnen voran ins Haus. Nach dem Essen tranken sie einen Rotwein. Pepe rief Eros zu sich. Er folgte seinem Freund aus dem Haus in die Stallungen.

„Eros, du hast sie doch nicht..."

„Die Mi Amor war wirklich heiß. Was sollte ich tun?"

„Nenne sie doch nicht Mi Amor. Sie hat einen Namen."

„Pepe, du kennst mein Leben, mit Mi Amor verwechsle ich die Frauen nicht. Was gibt es Schöneres? Die Frauen, die den Jakobsweg gehen, wollen keine Bindung und das kommt mir sehr gelegen."

„Eros, irgendwann musst du dir doch mal die Hörner abgestoßen haben und sittsam werden. Heirate eine Frau und mach ihr Kinder."

„Oh Pepe, ich bin noch lange nicht soweit. Ich kann nur eine Frau heiraten, und die ganzen anderen Schönheiten? Das kannst du nicht von mir verlangen." Pepe gab seinen Freund eine Kopfnuss und ging seiner Arbeit nach. *Da ist jedes Wort zu viel*, dachte sich Pepe.

Eros erklärte Beate die Pilgerausrüstung, die er für sie kaufte.

„Damit kommst du besser voran Mi Amor", lächelte er sie an.

Danke, hauchte sie ihm zu. Zum Abschied tauschten sie ihre Telefonnummern aus.

Am nächsten Tag nahm sie den Pilgerweg wieder auf und lief los. Nach ca. 30 Minuten, merkte sie, dass ihr Handy bei Eros liegen muss. Seine Telefonnummer hatte sie in ihrem Handy. Somit war sie gezwungen den Weg zurück zu laufen. In der Zwischenzeit rief ihre Schwester sie an. Eros ging ran:

„Mi Amor, du hast dein Handy bei mir vergessen. Soll ich es zu dir bringen, wo bist du?" Er war erstaunt, als eine ihm unbekannte Frau am anderen Ende sprach. Er nahm an, es sei Beate, die er nur Mi Amor nannte, die anrief.

„Wäre wohl ein bisschen weit bis nach Deutschland, was? Wer sind Sie? Wo ist meine Schwester Beate?"

„Oh sorry, ich bin Eros, ihre Schwester ist heute früh wieder weitergelaufen. Sie musste sich bei uns ausruhen."

„Ich werde ihr ausrichten, dass Sie angerufen haben. Sie haben auch so eine erotische Stimme, ganz wie Ihre Schwester. Ich wünsche Ihnen einen schönen Tag."

Natürlich werde ich nichts ausrichten, dachte er bei sich. Das gibt sonst nur Probleme.

Als Beate nach 10 Minuten kam, war Eros bei den Pferden und mistete die Ställe aus.

„Eros ich habe mein Handy vergessen, dort habe ich die Bilder meiner Mutter drauf."

Er eilte ins Haus und gab ihr das Handy. Hauchte ihr ein Kuss auf die Wange und lief wieder zu den Pferden.

Warum benimmt er sich so komisch, überlegte sie sich. Dann steckte sie ihr Handy in die Tasche und machte sich auf den Weg. Noch einmal winkte sie Eros zu. Er nickte nur.

Man wozu habe ich mich da hinreißen lassen? Das ist nicht meine Art.

Wie soll ich jemals Bernd unter die Augen treten? Klar fand ich Eros erotisch, musste ich gleich mit ihm in die Kiste steigen? Was ist los mit mir? Das fehlt mir noch, zu Mutters Sorge jetzt ein schlechtes Gewissen. Chaotischer kann mein Leben kaum verlaufen. Und noch immer keine Spur von Mutter.

Barcelona 1

Nach 2 Stunden Flug waren Tina und Uschi in Barcelona. Ein Shuttle brachte sie ins W Barcelona Hotel. Als man sie in die Spectacular Suite führte, waren sie begeistert. Sie schauten vom Fenster direkt aufs Meer. Das Bett war so gestellt, dass man den genauen Blick zum Meer bekam. Tina entlohnte den Pagen und lief zu Uschi. An der Spiegelwand befand sich eine freistehende Badewanne. Direkt am Fenster luden die beiden kleinen Sofas rechts und links zum Lesen ein.

„Das ist ja traumhaft schön hier.", rief Uschi aus.

„Diese Badewanne kenne ich auch als Whirlpool. Das tut so gut.", schwärmte Uschi.

„Ja der Comfort hier ist einzigartig. Es gefällt mir.", meinte Tina.

Sie schauten sich alles genau an. Es war sehr sauber.

Aus der Minibar holte Tina eine Flasche Sekt, füllte ihn in die bereitstehenden Gläser.

„Auf ein paar schöne Tage am Meer und Neuigkeiten von meiner Tochter.", rief sie.

„Das wünsche ich uns auch, und schöne Tage mit viel Sonne." Es war Zeit für das Abendessen. Im Badezimmer frischten sie sich auf und fuhren mit dem Aufzug ins Restaurant. Es war ein fast gläserner Saal. Alle Tische waren liebevoll eingedeckt. Sie wurden an ihren Tisch geführt. Was sie sahen, gefiel ihnen. Das Abendessen war einzigartig. Sie blieben eine Weile sitzen, um das Ambiente zu genießen. Dann suchten sie ihre Suite auf und fielen später in einen tiefen Schlaf. Am nächsten Morgen nach dem Frühstück ertönte Tinas Handy. Es war Peter. Beide staunten, so früh hätten sie nicht mit einer Nachricht von ihm gerechnet.

Schon so früh traf er auf Beate. Den Film zog Tina augenblicklich herunter, sie hatte Tränen in den Augen.

„So so," schniefte sie, „ich bin also geistig verwirrt." Uschi kam zu ihrer Freundin, und tröstete sie.

„Danke Uschi, schon gut. Ich werde damit fertig. Ich habe ja jetzt dich an meiner Seite. Sie soll sich erst einmal die Hacken ablaufen und Demut lernen.", schimpfte Tina. Sie fand es erschreckend, dass auch ihre Tochter so raffgierig ist, wie früher manch einer ihrer Klienten.

„Beate meine Tochter, ich gebe so schnell nicht auf, das solltest du wissen." Zu Uschi erklärte Tina:

„Sie sieht nicht gerade wie das blühende Leben aus. Dabei kann sie noch nicht so viele Kilometer gelaufen sein."

„Nein, das ist nicht möglich. Ich meine von Arno gehört zu haben, dass sich die Leute vor dem Start des Jakobsweges vorher gründlich vorbereiten. Die Zeit hat sie sich nicht genommen."

„Uschi, das geht nicht, wenn man nur die Eurozeichen in den Augen hat. Komm, lass uns in die Loung gehen und einen Cocktail nehmen. Das brauche ich jetzt. Danach schauen wir Mal, was das Hotel noch zu bieten hat." Tina und Uschi liefen Richtung Aufzug.

Jakobsweg 2

Beate bemerkte, dass die neuen Schuhe bei Weitem besser waren. Vermutlich zusammen mit den Socken. Nur der Rucksack war um ein Vielfaches schwerer als ihr kleiner.

Gott sei Dank, hat sich Beate mit Florence, angefreundet. Sie nahmen den nicht so legalen Weg, über den Fluss Pas. Schnell mussten sie die Eisenbahnbrücke überqueren. Das taten bereits viele Pilger. Man konnte es an den gelben Pfeilen erkennen in Richtung der Brücke. Alles war ihnen lieber und wenn es nur galt, 2 m zu sparen. Mit letzter Kraft schafften Beate und Florence ihre erste Etappe. Sie bekamen ihren ersten Stempel ins Pilgerbuch. In der Herberge wollten sie nicht übernachten. So liefen sie Richtung Stadt und fanden das Aparthotel in Boo de Pielagos. Nach unendlichen Diskussionen bekamen sie das Zimmer für 2 Nächte. Obwohl das Hotel generell erst ab 7 Tage vermietete. Beide Frauen sehnten sich nach einem Bad und sei die Badewanne noch so klein. Beate tat sich schwer an der Steigung von

158 m. Vor allem die Serpentinen. Sie sah ein, dass es doch anders ist, als nur mit den Kindern herum zu toben. Und noch immer, hat niemand ihre Mutter gesehen. Beate gab Pepe die Schuld. Er hat sie so lange schlafen lassen. Als sie Eros sah, war sie hin und weg, von seiner Wildheit. Die Wuschelhaare und die stechenden Augen. Sie konnte nicht widerstehen. Noch immer schmunzelte sie, als sie daran dachte.

Als sie nach einem ausgiebigen Bad ihre Wunden verbunden hatten, saßen sie auf der Terrasse. Sie bestellten sich Cappuccino. Beiden plagte außerdem ein großer Muskelkater. Sie mussten einen Tag pausieren, und ihre Wunden heilen lassen. Erst am späten Nachmittag fuhren sie mit dem Bus in die Stadt.

Den darauffolgenden Tag, liefen sie wieder den Jakobsweg weiter. Florence trennte sich bei der nächsten Biegung von Beate. Sie wussten beide, dass sie nicht den ganzen Weg zusammenlaufen würden. Sie tauschten sich zuvor die Adressen aus. Beate wollte keine Zeit verlieren und endlich ihre Mutter finden. Im nächsten Ort kehrte sie ein. An einem Tisch saßen fünf Männer. Sie lief zu ihnen und hielt das Foto ihrer Mutter hoch.

„Haben Sie diese Frau gesehen?", fragte sie hoffnungsvoll. Dann sah sie Peter unter diesen Männern.

„Hallo Beate, ich habe leider auch keine Informationen bekommen. Müssten Sie nicht schon weiter sein?"

„Ich weiß, leider war ich krank, so musste ich zwei Tage pausieren."

Das tut mir leid, vielleicht möchten sie mit der Bahn bis zur nächsten Etappe fahren?"

„Nein das geht nicht. Vielleicht fällt meine Mutter auch zurück und ich begegne ihr bald."

„Ich wünsche Ihnen viel Erfolg." Dann wand er sich den anderen Männern zu.

Beate lief weiter und traf auf eine ältere Frau, am Straßenrand. Sie saß auf einer Bank und schaute

Beate freundlich an. Beate stoppte langsam und die alte Frau bot ihr Platz auf der Bank an. Gerne setzte sich Beate zu ihr. So konnte sie ihre Beine etwas entlasten. Sie stellte ihren Rucksack neben sich.

„Guten Tag, Sie kommen aus Deutschland, habe ich recht?" Als Beate nickte, sprach die alte Frau weiter:

„Ich bin auch Deutsche, da sieht man so etwas.

Sie scheinen nicht glücklich zu sein, obwohl Sie sich auf dem Jakobsweg befinden. Darf ich mich vorstellen? Mein Name ist Elvira, ich bin schon eine alte Fregatte von 67 Jahren. Ich kann es nicht lassen, diesen Weg hier zu gehen. Das ist schon das dritte Mal."

Sie machte eine Pause, um der jungen Frau Gelegenheit zu geben, sich zu äußern.

„Sie laufen schon diesen beschwerlichen Weg zum dritten Mal? Alle Hochachtung. Mein Leben ist ein einziger Scherbenhaufen. Ist nicht alles so gekommen, wie gewollt.", schmollte sie.

Die alte Frau schaute sie fragend an. Beate sah, dass sie schon viele Falten hatte, aber gütige Augen und sie lächelte in einem fort. Irgendwie hatte Beate Vertrauen zu der Frau und sie erzählte ihr alles, auch das mit Eros. Als sie endete, weinte sie bitterlich. Elvira nahm sie in die Arme und tröstete sie. Sie ging zum du über, als sie sprach:

„Weißt du, ich war auch einmal reich. Hatte mehr Geld, als ich jemals ausgeben könnte. Man kann sich alles kaufen, aber ich merkte, das machte mich nicht glücklich. Ich verlor meine Träume. Das ließ mich in ein tiefes Loch fallen. Ich trennte mich von meinem wohlhabenden Ehemann, schenkte fast mein ganzes Geld dem Kinderheim in meiner Stadt und machte mich zum 1. Mal auf dem Jakobsweg. Man erzählte mir, dass etwas Wundersames passieren würde. Zuvor war ich unendlich traurig. Ich sah die Zerrissenheit der Welt. Machte ich die Zeitung auf, las ich nur von Kriege, Morde und Gewalt. Die Welt der oberen

Zehntausend, war mir zu oberflächlich, obwohl ich dazugehörte. Als ich mein Leben selbst in die Hand nahm, wurde ich von vielen belächelt. Mein Leben wurde aber gefüllt mit Lebensmut und Freude. So ist es bis zum heutigen Tag geblieben. Ich bete jeden Tag und das gibt mir Kraft. Ich kann zwar immer noch nicht die Welt retten, so gerne ich es auch täte, ich bin aber zu mir gekommen, habe meine innere Mitte gefunden. Und glaube mir Mädchen, das ist das höchste, was man erreichen kann. Ich bin heute mit viel weniger ein rundum glücklicher Mensch.

Du weißt bestimmt selbst, dass du deiner Mutter Unrecht getan hast. Du erzählst mir, dass du und dein Mann ein schönes Haus habt und zwei reizende Kinder. Lass deiner Mutter ihr Haus. Sie ist, bis sie Anwältin wurde, durch eine harte Schule gegangen. Auch ihr Beruf war nicht immer Zuckerschlecken. Ich weiß das, weil meine Schwester den gleichen Weg gegangen ist. Sie musste viele Entbehrungen einstecken. Wenn deine Mutter es verstanden hat, ihr Geld gut anzulegen, braucht sie sich im Alter keine Sorgen zu machen. Du musst zugeben, das mit den Seniorenheimen war keine Glanzleistung. Deine Mutter ist ein Jahr jünger als ich. Das ist kein Alter für ein Heim. Wenn sie halbwegs gesund ist, kann und soll sie dein Angebot nicht annehmen. Sie ist in einem Alter, wo sie ungebunden und frei ist und sie kann ihr Leben genießen.

Ehrlich gesagt, würde meine Tochter das mit mir machen, hätte ich auch alle Möbelstücke, auf die sie stand, verkauft." Dabei kicherte sie. „Ich kann mir deine Mutter dabei gut vorstellen.

Wenn du dich davon befreien kannst, immer mehr haben zu wollen, wirst du einsehen, dass das Leben befreiend sein kann. Man muss es nur wollen.

Oh ja Eros, dieser Schlingel hat schon viele Frauen aufgegabelt. Er und Pepe tun sehr viel für die Pilger. Es gibt leider viele Pilger, die sich nicht vorbereiten. Und dann brechen die Leute zusammen. Sie helfen, wo sie nur können. Eros ist kein Kostverächter, kann sich nicht für eine Frau entscheiden. Ich kenne beide gut. Pepe wäscht Eros oft den Kopf. Er kann es also immer noch nicht lassen. Seiner Wildheit erlagen schon viele Frauen. Vergiss ihn und söhne dich mit deinem Mann aus. Wahrheit ist meistens der bessere Ratgeber des Lebens.

Versuche den Jakobsweg zu Ende zu gehen und schau, was dir passiert.

Wie ich sehe, hat dich Eros gut beraten, für die Ausrüstung. Wenn du mir erzählst, du hattest nur einen kleinen Rucksack, kann ich mir den Rest deiner Ausrüstung vorstellen."

„Ich glaube, ich habe viel falsch gemacht." Beate biss sich auf die Unterlippe.

„Es ist nie zu spät, sein Tun zu korrigieren. Man muss es nur wollen. Wenn du möchtest gehen wir zusammen."

„Ja gerne. Dann muss ich meinen Mann anrufen, ob es okay wäre, dass ich noch länger bleibe."

„Mach das nur."

„Hallo Bernd, ich bin es, Beate. Tut mir leid, dass ich mich noch nicht gemeldet habe. Wie geht es den Kindern?"

„Das ist nett, dass du dich auch mal meldest. Den Kindern geht es gut. Fragst du auch nach mir?"

„Bernd, ich weiß, ich habe viele Fehler in letzter Zeit gemacht. Das möchte ich gerne korrigieren. Dazu brauche ich noch ein bisschen mehr Zeit. Ich habe beschlossen, den ganzen Jakobsweg zu laufen und nicht weiter nach meiner Mutter zu schauen. Bitte vertraue mir."

„Wie lange wirst du brauchen?"

„Elvira, wie lange werden wir noch brauchen? Es werden rund 10 Tage sein, Bernd. Wäre das Okay für dich? Ich habe hier Elvira, eine nette ältere Dame kennen gelernt. Sie hat mir gehörig den Kopf gewaschen. Sie begleitet mich den Rest des Weges. Ich kann dir später alles erklären. Bitte vertraue mir."

Eine Weile hörte sie nichts, dann meldete sich ihr Mann wieder:

„Okay ich warte die nächsten 10 Tage ab."

„Danke Bernd, ich liebe dich. Bitte gib den Kindern einen Kuss von mir und Grüße auch Britta." Damit unterbrach sie die Verbindung.

„Kinder, das kann unmöglich eure Mutter gewesen sein, mit der ich da telefonierte. Der Jakobsweg muss wirklich wundersam sein. Sie kommt in 10 Tagen wieder. Dann hoffe ich, dass unser Leben wieder so wird, wie es einmal war. Wollt ihr für sie ein Bild malen?"

„Au ja, Papa, das machen wir."

Elvira fragte Beate, ob sie etwas über den Jakobsweg wusste? Etwa von der Legende?

„Nein ehrlich gesagt nicht viel. Ich habe damals das Buch von Hape Kerkeling - Ich bin dann mal weg – gelesen."

Elvira schmunzelte und begann zu erzählen:

„Der Name bezieht sich auf den Apostel Jakobs den Älteren. Dieser war zusammen mit seinem Bruder Johannes, einer der zwölf Apostel Jesu Christi.

Die spanischen Jakobustraditionen haben sich unabhängig von den neutestamentlichen Angaben in den Evangelien und der Apostelgeschichte entwickelt. Die sich in zahlreichen Entwicklungsschritten zwischen dem 7. und dem 13. Jahrhundert ausgebildete Legende beinhaltet sechs große Themenbereiche:

· die Schilderung einer Missionstätigkeit des Apostels auf der iberischen Halbinsel

· die Translation des heiligen Leichnams im Anschluss an die biblisch überlieferte Hinrichtung des Apostels in Jerusalem durch König Herodes Agrippa I. im Jahr 44 und die Errichtung eines Grabmals.

- Die Wiederauffindung des Grabes zu Beginn des 9. Jahrhunderts unter Bischof Theodomir von Iria Flavia.

- Das hilfreiche Eingreifen des Apostels in ausweglos erscheinenden Situationen bei Kämpfen gegen die Araber

- Die Befreiung des Jakobsweges von den Mauren durch Kaiser Karl den Großen

- Wunder, die der Apostel an Pilgern auf dem Weg und am heiligen Ort bewirkt hat.

Und diese Wunder liebe Beate gibt es noch heute. Eros tat gut daran dir ein Pilgerstab mit der Jakobsmuschel zu kaufen.

Jakobsmuschel

An allen Pilgerzielen im Mittelalter konnte man Pilgerabzeichen erwerben. Sie sollten den Pilger auf dem Heimweg und auch noch in der Heimat schützen. Das Pilgerabzeichen der Santiago Pilger war (und ist) die Jakobsmuschel, die ursprünglich auch als Nachweis diente, dass der Pilger die Reise tatsächlich absolviert hatte; seit dem 13. Jahrhundert wurde dies durch ein

Beglaubigungsschreiben beurkundet, die heutige La Compostela. Daneben hatte die Jakobsmuschel aber auch den praktischen Wert, dass der Pilger sie zum Wasserschöpfen verwenden konnte. Darüber hinaus galt die Muschel in der bildenden Kunst und Literatur des Mittelalters als äußeres Kennzeichen für Pilger generell. So beschreibt z. B. Gottfried von Straßburg in seinem Tristan um 1200 zwei Pilger *(wallaere)*, an deren Gewänder *mermuschelen* genäht sind. Etwa hundert Jahre später finden wir sie am Hut des Minnesängers Johannes Hadlaub in der manessischen Liederhandschrift wieder. Heute stellt die Jakobsmuschel auch eine Orientierungshilfe dar, deren Symbol man als Zeichen des Jakobsweges an vielen Stellen des Weges findet, wie du bestimmt schon gesehen hast."

„Ja die Jakobsmuschel habe ich schon einige Male gesehen. Ich denke, ich hätte mich viel früher um die Bewandtnis erkundigen müssen."

„Es ist nie zu spät, damit anzufangen. Beate.", sprach Elvira und lächelte.

Es machte Beate auf einmal Spaß, ihn mit Elvira zu laufen. Ihr gefiel die tiefere Bedeutung des Jakobsweges. Alles Wissenswerte zog sie in sich auf.

Barcelona 2

Tina und Uschi ließen es sich richtig gut gehen. Sie machten lange Spaziergänge am Strand. Genossen die Cocktails in der Sonne. Sie wurden von zwei älteren netten Spaniern zum Dinner eingeladen. Rund um, sie hatten Spaß. Nur auf einen Stierkampf wollten sie nicht mit. Kein Spanier verstand es, dass sie es für Tierquälerei hielten. Einige erklärten ihr, dass es sich doch nur um ein Tier handelte.

Um die Mittagszeit des vorletzten Tages klingelte eine WhatsApp auf Tinas Handy.

„Oh es ist bestimmt von Peter.", meinte Tina zu Beate.

„Gehe ran und lies es vor."

„Beate hat viel Zeit verloren und hat euch noch nicht gefunden. Nach meiner Einschätzung schafft sie den ganzen Jakobsweg nicht. Sie sieht recht mitgenommen aus. Aber sie sucht dich immer noch. Mach dir keine Sorgen und genieße die Zeit in Spanien. Grüße mir deinen Cousin Arno."

Tina und Uschi kicherten.

„Ich bin gespannt, ob ich eines Tages erfahren werde, wie es ihr ergangen ist. Wäre sie nicht so raffgierig, wäre ihr Leben einfacher."

„Ja das ist wohl wahr.", erwiderte Uschi.

„Leider müssen wir unsere Koffer heute Abend packen. Die schöne Zeit hier geht zu Ende. Ich hoffe, auch du konntest dich erholen."

„Aber ja, meine Liebe, ich danke dir für diese schöne Zeit, oder sollte ich mich bei Beate bedanken?"

Die Freundinnen lachten herzlich.

Deutschland

Als Tina und Uschi am nächsten Tag in Frankfurt landeten, holte sie Arno vom Flughafen ab.

„Hallo meine Lieblingscousine mit Freundin, wie war der Jakobsweg?", grinste er.

„Beschwerlich schön.", meinten Beide.

„Ihr seht gut erholt aus."

„Arno das sind wir. Und vielen Dank an Peter. Er konnte uns zwei Mal etwas zukommen lassen. Mal sehen, wie es nun weitergeht.", grinste Tina.

„Ich hoffe für dich liebe Tina, dass sie ihren irrsinnigen Plan bald aufgibt. Sie wird keine Chance haben, das durchzudrücken."

Als sie wieder zu Hause in dem Haus von Tina kamen, freute sich Tina, mal keine Prospekte von Seniorenheimen zu bekommen. Kein böser Brief lag in ihrem Briefkasten.

Tina ließ ihren Koffer, Koffer sein und kochte Kaffee. Auf dem Nachhauseweg stoppen sie an einer Bäckerei, und kauften sich je ein Stück Kuchen. Arno konnte nicht bleiben, da man ihn in seiner Kanzlei erwartete.

Als sie gemütlich bei Kaffee und Kuchen saßen, sprach Tina:

„Liebe Uschi, was hältst du von der Idee, wenn du zu mir ziehen würdest? Das Haus ist wahrlich groß genug. Wir könnten es einrichten, dass jede von uns ihren Bereich hat. Jede kann sich dann zurückziehen, wenn sie möchte. Ich würde sagen, jede von uns hätte drei Zimmer. Wie zwei Wohnungen eben."

„Hmm ich habe noch nicht darüber nachgedacht. Was wäre dann mit meinen Möbeln?"

„Die kannst du selbstverständlich mitbringen. Dann verkaufen wir meinen Plunder. So müssten wir nicht alleine in zwei Häuser/Wohnungen wohnen."

„Das wäre nicht schlecht.", meine Uschi. Lass mich eine Nacht darüber schlafen."

„Aber sicher doch. Wir müssen nichts überstürzen. Ich möchte das dann auch festschreiben lassen, liebe Uschi. Damit du abgesichert bist."

„Ich muss sowieso mal wieder in meine Wohnung. Sie scheint ganz verwaist zu sein.", meinte Uschi.

Am nächsten Tag schrieb sie Tina eine WhatsApp:

„Ach wie immer ist mir ein Missgeschick passiert.", lachte Uschi.

„Ist etwas mit deinem Kaffee passiert?"

„Nein die erste Tasse Kaffee habe ich unbeschadet genossen."

„Und die zweite?"

„Tina, ich habe nur versucht Gulasch anzubraten. Ich möchte dich zum Essen einladen."

„Was ist dann passiert? Ich hoffe, du hast dich nicht verbrannt."

„Na ja, das Gulasch ist angebraten gewesen, auf der einen Seite. Ich habe ihn nicht einmal vergessen, so dass er schön braun, aber nicht schwarz war. Dann musste er umgedreht werden."

Uschi sah an Tinas Smilies, dass sie lachte.

„Ja und weiter?

„Dazu musste ich das Pfannenmesser nehmen, weil er unten angebraten war, wie gesagt, ich musste ein wenig Kraft anwenden, und das mit dem linken Arm, weil mir der rechte Arm schmerzte."

„Uschi mach es nicht so spannend.", lachte Tina.

„Der Krafteinsatz war zu viel. Plötzlich schoss das Pfannenmesser unter dem Gulasch, sollte ja auch so sein. Allerdings hüpfte die Hälfte des Gulaschs, dann aus dem Kopf und auf das Ceranfeld. Mit ihm die Zwiebeln, Paprika und Tomaten. Sauerei Menno."

„Heute gibt es kein Gulasch?"

„Gott sei Dank ist nur ein Stück auf dem Boden geschossen. Vom Ceranfeld konnte ich das Gulasch wieder in den Topf tun.

Kannst du mir mal sagen, warum nur mir solche Dinge passieren?"

Tina konnte sich nicht mehr das Lachen verbeißen.

„Ich weiß das nicht genau, aber du warst schon immer etwas tollpatschig. Ich liebe deine kleinen Geschichten, vor allem kannst du sie so gut wiedergeben."

Tina rief Uschi an und beide konnten kaum aufhören, zu lachen.

„Dann willst du das mit dem Büro nicht hören.", prustete Uschi.

„Och doch, bitte erzähle.

„Ich machte bei Winkler eine Urlaubsvertretung und musste im Büro bleiben."

„Und weiter?"

„Ich hatte die Angewohnheit mich immer im Dunklen anzuziehen. So kam, was kommen musste. Eines Tages eilte ich ins Büro – nur um dort festzustellen, dass ich einen blauen und einen schwarzen Schuh anhatte. Ich muss nicht erwähnen, dass ich die Lacher wieder einmal auf meiner Seite hatte. Derjenige, der es nicht von selbst sah, wurde erbarmungslos darauf hingewiesen. Ich war das Grinsen der Kollegen leid, so dass ich nach einer Weile vorzog, barfuß meine Wege zu gehen. Ich konnte es nicht morgens sehen, es war Winter und morgens noch sehr dunkel. Seitdem kaufe ich keine Schuhe mehr in verschiedenen Farben. So und nun kannst du Lachen."

„Tina kriegte sich bald nicht mehr ein. So musste sie lachen."

„Tja liebe Tina, das sind Geschichten, die das Leben schreibt." Auch Uschi musste darüber lachen.

„Uschi deine Art zu erzählen ist einmalig. Ich könnte dir stundenlang zuhören."

Nach dem Telefonat trat Uschi auf den Balkon und sah auf ihren geliebten Main. Sah die Ausflugsschiffe vorbeifahren. Konnte sie das aufgeben? Mit Tina zusammenziehen? Sie verstanden sich gut, ohne Frage und alleine wäre sie nicht mehr. Sie war nicht mehr die Jüngste. Würde das Tinas Familie akzeptieren, jetzt wo Beate auf Krawall gebürstet ist? Sie wird mit Tina noch ein klärendes Gespräch führen. Ich werde anfangs meine Wohnung behalten, bis alles geklärt ist. Das steht fest. Es gab noch nie Streit mit Tina, auch früher nicht, überlegte Uschi und man kann mit Tina eine Menge Spaß haben. Ich glaube, wir könnten es versuchen.

Am nächsten Tag traf sie sich mit Tina, in dessen Haus.

„Hallo meine Liebe, wie geht es dir?"

„Danke der Nachfrage. Ist alles Okay mit dir? Ich habe Neuigkeiten."

„Ja alles Okay, was für Neuigkeiten?"

„Meine jüngere Tochter rief mich an, was mich schon wunderte. Sie versicherte mir, dass sie nichts mit den Prospekten zu tun habe. Sie glaubt, dass Beate in größeren Schwierigkeiten steckt. Sie wollte ihre Schwester anrufen und ein Mann ging an ihr Handy. Sie wäre nicht da und hätte ihr Handy bei ihm liegenlassen. Er machte ihr Komplimente, obwohl sie ihn nicht kannte. Eros wäre sein Name. Hmm, ob sie eine Affäre mit ihm hat, wusste Britta nicht. Er meinte zu ihr, dass sie auch so eine erotische Stimme hat, wie ihre Schwester. Britta war ganz perplex. Beate sollte zurückrufen, tat es aber nicht. Na Bernd wird sich freuen. Britta sagte ihm nichts darüber."

„Na holla. Sie scheint an allen Fronten Probleme zu haben."

„Scheint so. Und dann hat mich mein Schwiegersohn angerufen. Beate wird erst in 10 Tagen zurückkommen. Sie hat wohl eine Frau kennengelernt, die ihr den Kopf gewaschen hat. Ist die Frage, ob das alles stimmt. Sie will angeblich den Jakobsweg zu Ende laufen. Das passt nicht zu meiner Tochter. Die Kinder haben schon Bilder für ihre Mutter gemalt. Ich hoffe, meine Tochter schätzt das.

„Uschi, hast du dir meinen Vorschlag überlegt? Wir zwei Unbeugsamen müssen doch zusammenhalten.", grinste Tina.

„Ja ich habe mir Gedanken gemacht. Es hört sich nicht schlecht an. Ich werde meinen Main mit den Ausflugsschiffen vermissen. Wasser hat für mich etwas Beruhigendes. Wir beide hatten noch nie Probleme, auch früher nicht, und ich glaube, dass es so bleibt. Wir könnten es versuchen."

„Uschi, du sagst es so zögerlich was ist los."

„Ich habe überlegt, wie deine Familie darüber denkt. Du weißt ja, die Prospekte."

„Du weißt aber, dass es mein Haus ist, und nicht das meiner Familie?"

„Ja und aus diesem Grund würde ich meine Wohnung noch eine Weile behalten, bis du weißt, ob sich die Wogen mit deiner Tochter legen."

„Das kannst du gerne tun. Wann wollen wir loslegen? Ich kann eine Umzugsfirma beauftragen, die meine Möbel, die nicht gebraucht werden, in die leere Garage räumt."

„Bald, ich muss zu Hause packen. OK, lass uns eine WG der Alten gründen.", lachte Uschi.

„Machen wir Nägel mit Köpfen, und schauen uns die Räumlichkeiten an. Komm mit." Schnell war man sich einig. Sie fuhren zu Uschi und Tina half der Freundin zu packen. Geschirr brauchte sie fast nicht, nur ihre liebgewonnenen Sachen. Innerhalb von fünf Tagen, war die Sache über die Bühne. Tina wollte das vor der Heimkehr ihrer

Tochter erledigt haben. Über einen befreundeten Notar wurde das schriftlich festgehalten, dass Uschi ein lebenslanges Wohnrecht bekommt.

Noch schwiegen sie darüber. Später wollten sie eine Einladungsparty veranstalten.

Tina hörte lange nichts von Beate.

Telereport 1

E ines Tages kam Uschi aufgeregt auf Tina zu.
„Ja was ist denn Uschi, so kenne ich dich
nicht. Ist der Teufel hinter dir her?"

„Ja so in etwa. Ich bin sowas von aufgeregt. Lies
das Mal, das kommt sicher von der Moderation
beim Friseur damals."

Tina las das Schreiben.

„Das ist gut möglich, würdest du es denn
wollen?"

„Ich weiß nicht so recht."

Absender war der Fernsehkanal Telereport 1:

Sehr geehrte Frau Wichtig,

unser Team hörte von Ihnen und Ihrer Freundin
Martina Bergmann, dass sie sich nach 40 Jahren als
ehemals beste Freundinnen wiedergefunden haben. Von
den Problemen zwischen Frau Bergmann und ihrer
Familie erfuhren wir auch. Wir starten eine neue Serie,
für das gute Miteinander und möchten Sie gerne in

unserer ersten Sendung einladen. Wenn das auf ihr Interesse stößt, schicken wir Ihnen gerne einen Mitarbeiter zu Ihnen, für die Vorgespräche nach Hause. Sie könnten für ein besseres Miteinander dazu beitragen. Für Fragen stehen wir Ihnen gerne zur Verfügung.

Mit freundlichen Grüßen

  Ihr Telereport 1 Team

„Da gibt es auch einen Ansprechpartner, obwohl er nicht unterschrieben hat.", meinte Tina.

„Tina, was will das Fernsehen von uns?"

„Ich hörte, dass es einen neuen Familiensender geben soll, das Konzept sieht so aus, dass sie sich mit dem Thema »Gutes Miteinander« auseinandersetzen. Ich denke, wenn wir unsere Geschichte erzählen und unsere Reisen einfließen lassen, wird es meiner Tochter peinlich sein und sie sieht ein, was sie für einen Blödsinn mit mir veranstaltet. Vielleicht können wir dazu beitragen, für ein gutes Miteinander, selbst in meiner Familie.

Was meinst du? Ich werde dann Arno fragen, ob er mitkommen möchte, solltest du dich dafür entscheiden. Wenn wir uns schon die Unbeugsamen nennen, warum zeigen wir es ihnen nicht?", dabei lächelte Tina.

„Hmm das könnten wir tun, wenn es dir und deiner Familie helfen würde, dann wäre ich bereit dazu.", dabei lächelte Uschi ihre Freundin an.

„Herzlichen Dank Uschi, das weiß ich zu schätzen. Das ist mir bekannt, dass du nicht so gerne in der Öffentlichkeit stehst."

„Nee wirklich nicht, aber manchmal muss man über seinen Schatten springen."

Nach der Zusage von Uschi und Tina, kündigte Herr Primus, der enge Mitarbeiter von Frau Seifert der Moderatorin, seinen Besuch an. Somit erfuhren sie, dass die Moderatorin Frau Seifert hieß und sie durch die Sendung führte.

„Wir freuen uns, dass Sie beide den Anfang zu unserer Sendereihe »Gutes Miteinander«

mitmachen wollen. Ihre Geschichte ist außergewöhnlich. Ich bin mir sicher, dass interessiert bestimmt viele unserer Fernsehzuschauer."

„Na ja, für uns ist es nicht so ungewöhnlich. Wir denken, dass passiert nun einmal, dass man sich aus den Augen verliert, wenn man in verschiedenen Städten studiert.", meinte Tina und Uschi pflichtete ihr im Konsens bei. Frau Bergmann, sie haben ein eigenes Schicksal mit ihrer Tochter, sind Sie bereit in der Sendung darüber zu berichten?"

„Aber sicher bin ich bereit. Das muss endlich aufhören, dass sie mich ins Seniorenheim abschieben will. Was alles gelaufen ist, werde ich in der Sendung berichten."

„Herzlichen Dank, darauf freuen wir uns.

Die Sendung ist für 30 Minuten festgelegt. Um 19:00 Uhr ist die Ausstrahlung jeden Mittwoch geplant. Wir erhoffen uns von der Sendung ein hohes Quotenniveau. Unsere Erwartungen gehen von bis zu 12% aus.", erklärte Herr Primus. Er war allen Fragen sehr aufgeschlossen und beantwortete sie, so gekonnt wie möglich.

Uschi erklärte:

„Ich finde ihr Konzept ansprechend. Es gibt so viel Nachbarschaftsstreit, der nicht sein muss. Die Gerichte können das kaum schaffen." Arno gab ihr als Anwalt recht.

Arno hatte sein Kommen zur Sendung zugesagt. Als Herr Primus sie verließ, saßen sie noch lange mit Arno zusammen und besprachen, wie sie das angehen lassen wollen.

Arno sprach zuerst:

„Ich finde euren Mut bewundernswert. Und Tina, vielleicht ist das der Weg, den du gehen solltest, um Beate dazu zu bewegen, endlich von ihrem Vorhaben abzurücken."

„Na ja, wir reisen gerne, Arno, aber ich bin es leid, ständig diese Prospekte zu bekommen und dazu auch ihre nicht sehr netten Briefe."

Fernsehsendung „Gutes Miteinander"

Am Tag der Aufnahme zur Sendung trug Tina ein weinrotes Etuikleid, was ihrer Figur schmeichelte, dazu schwarze Pumps. Dass die Tasche passend war, versteht sich von selbst. Tina liebte Kleider von Ralph Lauren.

Uschi wählte einen schwarzen Rock, eine weiße Bluse und einen grauen Blaser mit weiß abgesetzten Streifen. Sie trug dazu schwarze Pumps. Uschi hatte, wie Tina eine passende Handtasche.

Als Arno die Damen abholte, sparte er nicht mit Komplimenten. Uschi war das peinlich, das merkte Arno und nahm sie in den Arm.

„Uschi, du bist noch immer eine attraktive Frau.", dabei lächelte er. Uschi glaubte ihm kein Wort.

„Und ja mein Cousinchen hat bestimmt eine ganze Kollektion von Lauren."

„Nein hat sie nicht, betonte Tina." Dann fuhren sie los.

Im Sender bei Wuppertal wurden sie von Frau Seifert begrüßt. Der Aufnahmeleiter erklärte ihnen, wo sie sich wie bewegen sollten. Für Tina war das alles spannend. Uschi wurde Zusehens nervöser. In der Maske sprach Tina:

„Uschi meine Liebe, mach dich nicht verrückt. Wir denken uns, wir gehen in ein Café und plaudern darüber.", freundlich nickte sie ihrer Freundin zu. Nachdem sie neu überpudert wurden, mussten sie bis zum Eingang des Studios und schon wurden sie von der Moderatorin angekündigt:

„Meine Damen und Herren, wir begrüßen Sie zu unserer neuen Sendereihe »Gutes Miteinander« und den Anfang machen Martina Bergmann und Ursula Wichtig. Zwei Frauen, die einst beste Freundinnen waren und sich im Studium aus den Augen verloren. Bitte begrüßen Sie mit mir unsere Besten Freundinnen.

Dann wurden Tina und Uschi auf die Bühne geschickt. Das meisterten sie mit Bravour. Nach der Begrüßung fragte sie Frau Seifert nach der Freundschaft. Tina antwortete:

„Wir kennen uns schon aus dem Sandkasten. Hielten schon immer zusammen, wie Pech und Schwefel, aber leider in der Studienzeit verloren wir uns aus den Augen. Das ist schwierig, wenn man in zwei verschiedenen Städten studiert. Zuerst kamen lange Briefe, dann E-Mails und irgendwann versiegten auch die." Uschi antwortete:

„Ich habe Fotografie und Design studiert und war oft in der Natur zu Fotoaufnahmen, da war ich manchmal 14 Tage unterwegs. Wie das so im Leben ist, man heiratet, bekommt Kinder und geht seiner Arbeit nach. Wir haben immer gedacht, morgen schreiben wir uns. Dabei ist es dann geblieben und ohne ein Zutun, sind 40 Jahre vorbei. Man hatte seine Schicksalsschläge, aber vergessen hatte ich Tina nie."

„Ja so ging es mir auch, das Jurastudium beanspruchte mich total, als ich meinen Mann kennenlernte, haben wir beide für unsere eigene Kanzlei gearbeitet, haben Kinder bekommen. Kein Mensch konnte ahnen, dass so schnell 40 Jahre vergehen.", sie lachte dabei.

Die Moderatorin fragte:

„Wie kam es bei Ihnen nach 40 Jahren zu dem Treffen? Es war bei ihrem Friseur, wie ich von meiner Kollegin erfuhr."

„Ja genau, ich saß bei meinem Friseur und blätterte in der Zeitung. Da hörte ich eine Frau sprechen, eine besondere Frau. Ich dachte noch, das ist doch unverkennbar meine Tina.", meinte Uschi. Tina erzählte weiter:

„Ich fühlte mich auf einmal beobachtet, als ich mich umsah, traute ich meinen Augen kaum. Das war tatsächlich meine alte Freundin Uschi, aus den

Kindertagen. Uschi stand auf und ich auch, wir umarmten uns und hatten uns so viel zu erzählen. Die Inhaberin vom Friseur kam auf uns zu, und spendete eine Flasche Champagner. Dann fragte sie uns, ob wir in ihrem Salon ein Treffen mit der Presse zustimmen würden. Was wir dann taten. Nach dem Friseurtermin haben wir uns in ein Café begeben und sprachen über alte Zeiten. Wir hatten wieder diese innige Verbindung, wie vor 40 Jahren. Bis jetzt ist bei uns kein böses Wort über die Lippen gekommen. Unsere Ehemänner sind gestorben und leider auch die Tochter von Uschi. Gerne hätte ich Rita kennengelernt."

In den Augen von Uschi schimmerten Tränen. Sie nahm sich zusammen, um nicht in Tränen auszubrechen. Der Tod ihrer Tochter ging ihr noch immer sehr nahe. Die Moderatorin ergriff wieder das Wort.

„Frau Bergmann, wir erfuhren, dass sie es nicht einfach hatten, mit ihrer Tochter Beate?"

„Das stimmt leider. Beate möchte auf Biegen und Brechen, dass ich in ein Seniorenheim gehe, damit sie über mein Haus und Vermögen verfügen kann. Daraus wurde nichts, weil ich es mir nicht nehmen lasse. Ich war schon sehr verletzt, als sie mit Entmündigung anfing. Nur wusste sie nicht, dass es die klassische Entmündigung nicht mehr gibt. Ich war lange Anwältin. Ich kenne das Betreuungsverfahren, wie es jetzt heißt. Meine Tochter weigerte sich, sich mit mir darüber auszutauschen. Ich sollte einfach weg."

Sie haben noch eine zweite Tochter?"

„Ja Britta, ich glaube, sie war eine Mitläuferin, aber nie so aggressiv, wie meine Tochter Beate. Ich persönlich finde es schäbig, wenn Eltern und Kinder vor Gericht ziehen, so überlegte ich mir, wie ich meiner geldgierigen Tochter eine Lektion erteilen kann."

Das Publikum im Saal applaudierte, als Tina darüber sprach.

„Das macht mich sehr neugierig, wie sie das veranstalteten.", erwiderte die Moderatorin.

„Uschi war sehr hilfreich. Ich fragte sie, ob sie mit mir auf Reisen ginge. Wir beide sind ungebunden und frei. Können tun und lassen, was wir wollen. So buchten wir eine Reise nach Hamburg ins Musical »König der Löwen«. Zum Glück mochte Uschi Musicals. Was ich nicht wusste, dass Beate mich orten konnte. So bekam ich von ihr eine Nachricht, dass sie nach Hamburg kommen würde, um mich umzustimmen. Natürlich ging ich nicht auf ihre Forderung ein, mich an den Landungsbrücken mit ihr zu treffen. Wir fuhren gemütlich mit dem Zug nach Hamburg. Das mit dem Orten musste ich unterbinden. So bat ich Uschi, die meine Kinder nicht kannten, ihr Handy angeschaltet zu lassen. Ich schaltete meins aus. Unsere nächste Reise ging zu meinen Freunden nach Monaco. Am Frankfurter Flughafen sah ich eine Gruppe, die auf ihren Flug nach Thailand waren. Ich schenkte einem jungen Mann mein Handy mit der Erklärung, dass es noch einen Monat gültig ist. Er freute sich, weil es ein iPhone war. Er wusste, dass diese Handys teuer sind. Mir war das egal. Wir gingen zu unserem Flug. Ich war mir sicher, dass meine Tochter nach Thailand flog."

Wieder brannte Applaus vom Publikum. Sie vernahm die Worte »Bravo. Bravo«. Das ließ sie schmunzeln. Tina erzählte weiter:

„Immer, wenn ich von einer Reise nach Hause kam, lagen neue Prospekte von Seniorenheimen in meinem Briefkasten und auch jeweils ein böser Brief von Beate."

Aus dem Publikum hörte man Buh – Rufe.

So wusste ich, dass meine Tochter wirklich nach Thailand geflogen ist und sie es viel zu feucht fand. Na ja, es ist nicht meine Schuld. Ich habe ihr nicht gesagt, sie soll das tun.

Zwei Mal fuhr ich mit Uschi nach Wiesbaden zu einer Antik Show und verkaufte einmal zwei wertvolle Vasen und einen Sekretär, den Beate beanspruchte. Wissen Sie, ich hänge an keine materiellen Sachen. Für mich sind andere Dinge wichtig. Ich möchte sie nicht mit den Briefen meiner Tochter behelligen. Sie waren nicht schön. Noch immer ließ sie nicht, von ihrem Vorhaben ab. Im Gegenteil, sie wurden von der Wortwahl massiver.

Dann stand eine Reise nach Dunen Nordsee an. Wir haben sie sehr genossen. Als auch das nicht half, dachte ich mir, wenn sie den Jakobsweg lief, würde sie demütiger werden. Ich streute die Info, dass ich den Jakobsweg laufen werde. Mein lieber Cousin war mir da hilfreich, weil er ihn einmal lief und seinen Pilgerpass noch hatte. Außerdem kam mir sein Freund Peter zu Hilfe. Er wollte ihn einmal laufen, also entschloss er sich, den Weg jetzt schon zu Laufen, um zu sehen, was meine

Tochter veranstaltete. Wir flogen nach Barcelona in das W-Barcelona Hotel."

„Oh ja, ein sehr luxuriöses Hotel.", meine die Moderatorin.

„Genau, wir ließen es uns gutgehen mit einigen Cocktails. Wir mussten auch nicht lange warten und ich erhielt eine kleine Filmsequenz, wo meine Tochter mein Bild in die Kamera hielt und nach mir suchte. Sie vermutete, dass ihre Mutter so langsam schwachsinnig wird. Ich gebe zu, das hat mich sehr verletzt. Ich bekam später noch eine Mitteilung, dass sie immer noch mit meinem Bild den Leuten auf den Geist ging. Ich fand es einfach nur schade. Denn ich sagte ihr klipp und klar, dass ich ihr mein Haus noch nicht überschreiben werde. Es ist nicht so, dass meine Tochter arm ist. Beide Kinder haben vor zwei Jahren, als mein Mann starb, eine größere Summe erhalten. Sie haben beide ihre Häuser, haben süße Kinder und einen netten Ehemann. Sie könnten glücklich sein, mit ihrem Leben. Ich kann mich nicht frei von Schuld sprechen. Als wir unsere Kanzlei hatten, da war nicht die nötige Zeit für unsere Kinder da, die sie vielleicht brauchten. Darum haben wir zu viel mit materiellen Geschenken gut machen wollen. Heute sehe ich den Fehler ein. Wenn man aber zu zweit an einen Mammutprozess arbeitet, da funktionierte es nicht, um 17 Uhr den Füller fallen zu lassen. Genau das hätten wir tun sollen. Zumindest einer von uns. Die Einsicht kommt manchmal zu spät."

„Frau Bergmann, glauben Sie, dass sie wieder ein normales Verhältnis mit ihrer Tochter haben werden?"

„Ja daran glaube ich fest. Sie muss sich nur öffentlich bei mir entschuldigen. Denn so geht man nicht mit seiner Mutter um. Ich habe von ihr seit dem Jakobsweg nichts mehr gehört. Ich weiß auch nicht, wann sie nach Hause gekommen ist. Das muss die Zeit ergeben."

„Frau Bergmann und Frau Wichtig, ich wünsche Ihnen für die Zukunft alles Gute. Wir sind leider zum Ende unserer Sendung gekommen. Frau Bergmann, Ihnen wünsche ich eine neue glückliche Zeit mit ihren Kindern."

„Ich danke Ihnen. Allen Zuschauern kann ich aus meiner Erfahrung nur sagen, lasst euch nicht alles von euren Kindern gefallen." Damit verneigten sich Tina und Uschi. Hinter der Bühne wartete Arno. Er nahm sie in die Arme und beglückwünschte sie für ihren Auftritt.

„Das habt ihr wundervoll gemacht."

Uschi meinte:

„Puh, wir haben es hinter uns. Lasst uns nach Hause fahren.

Auf dem Weg nach draußen, kam der Aufnahmeleiter zu ihnen und teilte mit, dass sich Beate weinend gemeldet hat und versicherte, dass sie sich öffentlich entschuldigen wird. Tina hatte

Tränen in den Augen. Sie bedankte sich beim Aufnahmeleiter und lief hinaus.

Am nächsten Tag holte Tina die Post aus dem Briefkasten und stutzte. *Die Tageszeitung habe ich nicht abonniert. Wieder so eine Reklamesache.* Im Haus setzte sie sich an den Esstisch. Uschi bereitete das Mittagessen vor. Da konnte es Tina in großen Lettern lesen. Das Wort Entschuldigung Mama. Man sollte auf Seite 6 weiterlesen. Dort stand ein Beitrag von Beate.

Ja Mama du hast recht. Es war mein Fehler und ich möchte mich dafür entschuldigen. Ich habe mich unmöglich benommen. Das sehe ich jetzt ein. Bitte sei Britta nicht böse, sie stand dir immer bei und hat mir öfters den Kopf gewaschen. Ich möchte mich mit dir gerne treffen und über alles reden. Bitte gib mir noch eine Chance.

Tina ließ die Zeitung sinken. Ihr liefen Tränen über das Gesicht. Uschi kam sofort zu ihr und nahm sie in den Arm.

„Uschi ließ das bitte."

Danach hatte auch Uschi Tränen der Rührung in den Augen. Sie war sich sicher, dass jetzt alles gut wird, zwischen Tina und ihren Kindern. Gespannt war sie schon, wie es Beate auf dem Jakobsweg erging. Nachdem sich Tina beruhigt hat, plante Uschi den Weg auf den Friedhof. Tina begleitete sie. Auch sie wollte ihren Werner ganz nah sein. Zuerst gingen sie zu Werners Grab. Tina hielt dort Zwiesprache mit ihrem Mann:

Lieber Werner, ich habe deinen Rat befolgt und mir nicht alles wegnehmen lassen. Es war teilweise anstrengend, aber es kommt wohl zu einem guten Ende. Zu gerne hätte ich dich an meiner Seite gehabt. Uschi kennst du nicht, wir waren früher schon beste Freundinnen und sind es heute wieder. Auch wenn 40 Jahre vergangen sind. Sie wohnt jetzt bei mir. Das ist gut, dass ich nicht ganz alleine lebe. Ich bin mir sicher, es wäre dir recht gewesen.

Tina schaute in den Himmel und es kam ihr so vor, als ob ihr Werner von oben nickte. Dann liefen sie zu Kurt und Rita. Dort setzte sich Tina auf eine Bank und wartete. Sie wollte ihrer Freundin die Zeit geben, die sie brauchte.

Mein liebster Kurt und liebste Rita. Ihr habt bestimmt gesehen, was ich hier alles erlebt habe. Manchmal ist es nicht verkehrt, nicht zu viel Geld zu haben. Da tun sich Welten auf. Ich habe endlich meine frühere beste Freundin getroffen. Das hat mich sehr berührt und gefreut. Tina kann auch so flippig sein, wie ich. Manchmal gickeln und gackern wir herum. Dabei dachte ich, dass ich die Verrückte bin. Es ist schön, nicht mehr alleine zu wohnen. Erst jetzt kann ich meine Wohnung kündigen, wenn alles paletti ist mit Tina und ihren Kindern. Rita ich vermisse dich so sehr. Ich bin mir sicher, du hättest so etwas nie mit mir getan. Ich vermisse euch Beide sehr.

Langsam ging Uschi rückwärts zu ihrer Freundin. Gemeinsam liefen sie nach Hause. Jede hing ihren Gedanken nach. Zu Hause angekommen genehmigten sie sich einen Cappuccino und ein Stück Kuchen, den sie unterwegs kauften.

Beate ist wieder zu Hause

Als Beate wieder zu Hause eintrifft, wird sie von Ehemann Bernd und den Kindern in Empfang genommen. Sie ist merklich dünner geworden. Ihre Züge sind sanft, sie haben die Härte verloren. Kein Wort mehr über ihre Mutter und dem Haus. Bernd ist sich nicht schlüssig, wie er mit dieser Situation umgeht. Sie hatten nicht lange Kontakt, als sie aufbrach, ihre Mutter nach Hause zu bringen.

Beate nimmt ihre Lieben liebevoll im den Arm. Zu Bernd sagt sie?

„Wir müssen reden." Er nickt nur. Die Kinder bekommen kleine Geschenke. Sie wundern sich, weil sie sich mehr erhofft haben, sagen aber nichts. Bernd hat es so eingerichtet, dass die Kinder bei Freunden übernachten. Sie waren mehr als begeistert.

„Bitte lasst mich erst einmal ein Bad nehmen. Ich bin ausgelaugt und müde." Bernd lässt seiner Frau ein Bad ein und lässt ihr die Zeit, die sie braucht. Er setzt sich ins Wohnzimmer und wartet auf sie. Er hat Angst. Bernd liebt seine Frau und möchte sie nicht verlieren. Etwas sagt ihm, es kommen Gewitterwolken auf ihn zu. Nach gefühlten zwei Stunden kommt sie ins Wohnzimmer. Ja sie hat einiges abgenommen, aber sie ist immer noch bildschön.

„Bernd, es tut mir leid, wie ich in der letzten Zeit war, ich weiß, das war nicht richtig. Ich habe großes Unrecht meiner Mutter angetan und auch dir." Er nickte nur und wartete.

„Leider ist mir unterwegs etwas passiert, was ich nie gewollt habe und nie beabsichtigte. Ich möchte dich nicht anlügen, aber ich muss und will dir gestehen, dass ich einmal fremd gegangen bin. Ich weiß bis heute nicht, wie das passieren konnte. Ich bin eines Tages am Straßenrand zusammengebrochen. Ich hatte die komplett falsche Ausrüstung dabei. Man lud mich auf einen Wagen und brachte mich in die Wohnung von Pepe. Ich glaube, er hat mein Leben gerettet."

Bernd wollte aufspringen, weil er mit der Tatsache nicht fertig wurde.

„Nein höre mir bitte zu. Es war nicht Pepe. Ich habe dort wohl 2 Tage geschlafen. Das bedeutete aber auch, 2 Tage lag ich von der Zeit her, hinter Mutter. Pepe hatte einen Freund, namens Eros. Er fuhr eines Tages mit mir in die Stadt und kaufte mir die richtige Ausrüstung zum Laufen. Bei meinen Schuhen lief ich mir sofort große Blasen. Verbandsmaterial hatte ich nicht mit. So kam der Zusammenbruch. Eros zeigte mir, wie die Ausrüstung zu handhaben war. Er wollte kein Geld von mir."

„Als Bezahlung nahm er dich?", fragte Bernd aufgebracht.

„Bernd bitte höre mich an, ich will nicht mehr lügen. Sollten wir noch eine Chance haben, will ich das nicht mit einer Lüge beginnen. Höre dir bitte erst alles an und urteile dann."

Mit zusammengebissenen Lippen und mahlenden Kiefer hörte Bernd weiter zu.

„Ich gebe zu, dass mich Eros anzog. Im Anschluss nahm er mich mit in seine Hütte. Na ja von außen sah es aus, wie eine Hütte. Innen war alles supermodern. Dort ist es dann passiert. Ich war total verwirrt. Wir fuhren danach hinunter zu Pepe. Ich glaube, er sah es uns an und lief traurig weg. Später hörte ich ein Gespräch zwischen Pepe und Eros. Pepe machte Eros Vorwürfe. Er solle endlich heiraten, aber er wollte nicht. Eros meinte, er kann nur eine Frau heiraten und was macht er mit den ganzen anderen hübschen Frauen? Ich wusste, ich war nur eine unter vielen. Am nächsten Morgen zog ich weiter. Ein sehr schlechtes

Gewissen hatte ich dir gegenüber, denn du bist der Mann, den ich liebe.

Beim Laufen, auf einer Bank am Straßenrand, traf ich Elvira. Sie war schon recht alt und lief den Jakobsweg schon zum dritten Mal. Ich konnte es nicht fassen, dass sich die Leute so etwas antun. Sie bot mir an, mich neben sie zu setzen. Sie kannte auch Eros und wie schlimm er war. Ich weinte, und erzählte ihr alles. Keine Ahnung, was mich dazu brachte ihr fast mein ganzes Leben zu beichten. Sie hörte sich alles an und wusch mir dann gehörig den Kopf. Wow, sie hatte das drauf. Sie machte mir klar, wie falsch mein Vorhaben mit Mutter war und dass ich das mit dir bereinigen muss, egal wie du reagierst. Und das wollte ich auch tun.

Elvira erzählte mir vom Ende des Jakobsweges, dass etwas Wundersames passieren würde. Darum wollte ich den ganzen Weg gehen. Ich fragte niemanden mehr nach Mutter. Ich hoffte nur, dass sie gesund ist.

Als wir am Ende des Jakobswegs ankamen, spürte ich die Magie. Ich spürte ein Frieden in mir, den ich vorher nie kannte. Alles Materielle wird so bedeutungslos. Es ist unbeschreiblich. Wenn du mir das verzeihen kannst, würde ich diesen Weg mit dir einmal laufen."

Beate wartete auf eine Antwort, eine Reaktion von Bernd. Sie ließ ihm Zeit und sah ihn lange an.

Bernd war hin und hergerissen. Auf der einen Seite liebte er seine Frau, auf der anderen Seite hat sie ihn maßlos enttäuscht. Niemals im Leben dachte er daran, dass sie ihn einmal betrügen könnte. Sie wartet jetzt auf eine Antwort, das wusste er. Absichtlich ließ er sie zappeln.

„Möchtest du ein Glas Wein?", fragte er stattdessen, um Zeit zu gewinnen, für seine Antwort.

„Ja.", sagte sie zaghaft.

Mein Gott, ich liebe diese Frau so sehr, dachte er sich.

Langsam öffnete er die Flasche Wein. Goss die Gläser voll und ging mit ihnen wieder ins Wohnzimmer, zur Couch, wo Beate saß.

„Ich bin sehr enttäuscht, das kannst du dir denken, aber ich liebe dich, darum verzeihe ich dir. Aber nur dieses eine Mal." Er sah sie ernst an. Dann zog er sie zu sich und sie umarmten sich.

Am nächsten Tag fuhr Beate zu ihrer Schwester. Die fing sie gleich wie eine Ehebrecherin auf.

„Ich habe dich angerufen, aber da schien wohl nur dein Geliebter dran gegangen zu sein, warf sie ihr entgegen."

„Komisch, das hat er mir nicht erzählt." Beate erzählte ihr alles, was sie ihrem Mann sagte. Britta war froh, dass ihre Schwester nicht die gleichen Geschütze auffuhr, als vor ihrem Jakobsweg. Beide sprachen sich aus. Es folgte wieder Frieden mit der Familie. Es fehlte das klärende Gespräch mit ihrer Mutter.

Als Beate und Bernd wenige Tage später gemütlich auf der Couch saßen und Fernsehen sahen, klickte Beate durch die Kanäle. Plötzlich sah sie ihre Mutter. Alles verkrampfte sich in ihr. Sie sahen sich die Sendung genau an. Tränen liefen ihr über das Gesicht.

„Mutter hat einmal von einer besten Freundin erzählt. Das ist schon viele Jahre her.

Bitte Bernd, nimm das ganz schnell auf. Die Sendung muss neu sein."

Als die Sendung vorbei war, weinte Beate bitterlich. Als sie sich ein bisschen beruhigte, schniefte sie:

„Meine Mutter hat mit allem recht. Ja ich werde mich öffentlich bei Mutter Entschuldigen. Und dann muss ich mit ihr reden. Bernd aber das mit Thailand war schon etwas hinterlistig, oder?"

„Meine liebe Beate, was du mit ihr getan hast, war auch nicht gerade liebevoll."

„Ja das stimmt schon. Ist alles blöd gelaufen. Ich habe Britta eine WhatsApp geschickt, damit sie sich das ansehen kann. Wenn sie zu spät den Fernseher eingeschaltet hat, gebe ich ihr unsere Aufnahme."

Zwei Tage rang sie sich, wie sie zu ihrer Mutter am besten Kontakt aufnehmen sollte. Sie schämte sich für ihr Verhalten. Britta wollte ihr dabei nicht helfen.

„Das musst du schon selber tun.", meinte sie.

Die Aussprache

Beate rief ihre Mutter an. Sie war erstaunt, dass sie ihr nicht böse war. Jedenfalls kamen von ihr keine Vorhaltungen. Das verunsicherte Beate noch mehr.

„Hallo Mama, kann ich dich bitte sprechen, wenn du Zeit hast?"

„Meine liebe Tochter Beate, wenn du mich so nach einem Treffen fragst, gerne. Nur heute habe ich keine Zeit, wir können uns morgen Nachmittag, sagen wir um 15 Uhr treffen. Komm einfach zu mir."

„Ja gerne, bis Morgen um 15 Uhr."

Uschi war erstaunt, als sie ihre beste Freundin hörte.

„Habe ich das richtig vernommen, dass du dich mit Beate triffst?"

„Ja du hast richtig gehört. Sie kommt Morgen um 15 Uhr. Sie war, wie man sich eine Tochter wünscht. Vermutlich doch ein wenig demütig. Wenn das stimmt, ist der Jakobsweg wirklich voller Magie. Wir werden es hören."

„Nein liebe Tina, ich werde Morgen ausgehen und euch die Zeit geben, wieder zueinanderzufinden. Ich wünsche es dir von Herzen. Ich würde da nur stören. Du musst ihr beichten, dass ich bei dir wohne.", schmunzelte Uschi.

„Da gibt es nichts zu beichten, ich kann mit dem Haus tun und lassen, was ich möchte.", lachte Tina.

Sie wusste, dass Uschi das auch so sah. Uschi erwiderte:

„Okay, okay, ich gehe für uns einen Cappuccino machen." Damit verschwand sie in die Küche.

Tina hing ihren Gedanken nach und saß dabei auf ihrer gemütlichen Couch, als sie Uschi wenig später aus der Küche kommen sah. Sie sah auch, dass Ihre tollpatschige Freundin mit jedem Schritt, kleine Tropfen verschüttete. Genau bis zur Couch.

„Ach Menno, warum muss mir immer wieder so etwas passieren?" Beide mussten Lachen. Uschi holte schnell einen Lappen, um ihre Peinlichkeit wegzuwischen.

„Meine Liebe, offenkundig gehört das zu dir.", Tina schmunzelte weiterhin.

„Ja ja, mach dich nur lustig über mich." Auch sie konnte sich das Lachen nicht verbeißen. Gemeinsam genossen sie das heiß geliebte Getränk.

Am nächsten Tag verließ Uschi um 14:30 Uhr das Haus. Sie traf sich mit Uwe dem Fotografen, den sie auf dem Schiff in Monte Carlo kennenlernte.

Pünktlich um 15 Uhr klingelte Beate an Tinas Tür. Ihr wurde sofort geöffnet. Man begrüßte sich zaghaft. Beate sah, dass das Wohnzimmer irgendwie anders aussah, aber sie sagte nichts.

Tina bot ihr die Couch an, dann lief sie in die Küche.

„Möchtest du auch einen Cappuccino Beate?"

„Ja gerne.", sagte sie zaghaft.

Als sie wieder ins Wohnzimmer kam, stellte sie das silberne Tablett auf dem Tisch und gab ihrer Tochter eine Tasse mit dem duftenden Cappuccino. Auf einen kleinen Teller lagen Kekse. Niemand rührte sie an.

Beate ergriff das Wort:

„Mama ich wollte mich bei dir in aller Form entschuldigen. Das war nicht korrekt, wie ich mich verhielt." *Puh nun war es raus,* dachte Beate und sie fühlte sich gleich besser.

„Ja da hast du Recht, das war alles andere als korrekt. Wie bist du nur auf die Idee gekommen, dass ich da mitmachen würde? Ich war euch ganz gewiss nicht die beste Mutter. Alleine wegen meines Berufes, aber das habe ich euch nicht gelehrt. Ich sehe heute ein, dass ich es mit den materiellen Dingen bei euch offensichtlich übertrieben habe."

Betreten schwieg Beate einen Moment. Sie trank von ihrem Cappuccino ein Schluck, um Zeit zu gewinnen.

„Wir fanden es schön, wenn wir, Brittas Familie und meine, in einem Haus leben könnten. Nur der Weg war der Falsche. Bitte Mama, Britta trifft kaum Schuld. Im Gegenteil, sie fand meine Aktionen auch nicht toll."

„Das weiß ich.", antwortete Tina.

„Glaube mir, ich hätte mich niemals darauf eingelassen. Ihr hättet mich kennen müssen. Total lächerlich fand ich dein Begehren, mich entmündigen zu lassen. Das gibt es schon lange nicht mehr. Damit das nicht passiert, was ihr vorhattet, wurden die Gesetze geändert. Heute heißt es Betreuungsverfahren. Hast du vergessen, dass ich eine gute Anwältin war?"

„Ich weiß ja, dass das blöd war.", wurde Beate kleinlaut.

„Warum habt ihr euch nicht ein entsprechendes Anwesen gekauft? Dann hättet ihr eure Häuser verkaufen können. Ich wäre die Letzte, die euch nicht geholfen hätte. Ist die Frage, ob ihr die Genehmigung bekommen hättet das Haus aufzustocken. Da müssten erst die Anträge gestellt werden."

„Darf ich fragen, wer die Frau war, auf dem Zeitungsbericht, vom Friseursalon?"

„Das ist meine beste Freundin Uschi. Ihr kennt sie nicht. Wir kennen uns vom Sandkasten her, haben uns leider in der Studienzeit aus den Augen verloren. Wir wollten uns immer schreiben. Bei ihr und mir kamen die Ehe, Familie und unser Beruf dazwischen. Ich war sehr glücklich, als ich sie im Friseurstuhl neben mir sah."

„Ich wette, sie hat dich bei deinen Reisen begleitet?"

„Ja. Du hattest mich mit deinen Prospekten verärgert." Ich hätte sie dir aufheben sollen, habe sie aber in den Müll geworfen."

„Ich weiß, das war eine blöde Aktion."

„Das war sie.", kommentierte Tina. Das Gespräch lief besser, als sie dachte.

„Sag Mama, wie kommt es, dass ich dich nie getroffen habe?"

„Weil ich dir immer einen Schritt voraus war. Das du mich orten konntest, war eine ganz miese Sache. Dafür bist du auch im Hochsommer nach Thailand geflogen.", freute sich Tina.

„Oh erinnere mich nur nicht daran. Das Klima war schrecklich. Ich gebe zu, ich habe blöd geschaut, als ich einen Typen fand, der das Handy hatte. Geschah mir recht. Wo warst du in echt?"

„Bei Philippe und Cathrine in Monaco. Sie haben ein neues Spielzeug. Eine luxuriöse Yacht. Sie haben uns eine Woche dorthin eingeladen.

In Wiesbaden war ich zweimal, weil ich dir zeigen musste, wie es ist, wenn man vom eigenen Fleisch und Blut so weh getan wird. Es war mir durchaus bekannt, dass ihr die Vasen und du den Sekretär haben wolltet. Mir bedeuten diese Dinge nicht viel. Ich hatte gute Gespräche dort. Und ja ich habe Uschi, meine Freundin eingeladen, mich zu begleiten. Wir waren noch in Dunen Nordsee, bevor wir dich zum Jakobsweg delegierten.", wieder lächelte Tina.

„Wo warst du. Bist du den Weg wirklich gelaufen?"

„Ach woher, das wollte ich meinen Knochen nicht antun. Wie ich merke, ist mein Körper auch in die Jahre gekommen. Wir logierten im berühmten W Barcelona Hotel. Wir warteten bei wohlschmeckenden Cocktails, ob ich etwas über dich erfahre. Das ging schnell. Peter schickte mir ziemlich rasch ein kleines Video von dir.", lächelte Tina süffisant.

„Du kanntest Peter?", schmunzelte auch Beate.

„Nein nicht direkt, Peter war ein Freund von Arno." Später bekam ich noch eine Mitteilung, als du die Männergruppe nach mir befragt hast."

„Jetzt wird mir so einiges klar. Aber im Ernst, mir ging es anfangs nicht gut in Spanien. Ich hatte die falsche Ausrüstung dabei. Ich höre Britta noch fragen, ob ich fit genug wäre und ich ihr antwortete, klar die Kinder halten mich auf Trapp. Das war meine größte Fehleinschätzung. Ich hatte nur einen kleinen Rucksack dabei, weil ich nicht vorhatte, soweit zu laufen. Somit hatte ich auch kein Verbandsmaterial dabei."

Tina verzog ihr Gesicht, aus ehrlicher Anteilnahme.

„Meine Füße bluteten, ich war erschöpft. Das konnte ich nicht zugeben, so bin ich weitergelaufen. Dass ich zu wenig Wasser dabeihatte, merkte ich erst später. Als ich nicht mehr konnte, bin ich zusammengebrochen und wachte erst zwei Tage später in einer Kammer auf. Als ich erwachte, und in einen anderen Raum ging, traf ich Pepe, der mich aufgelesen hat. Er machte mich wegen meiner Ausrüstung rund. Pepe meinte, ich sei nicht die Erste, die er auflas. Er war nett und stellte mir Eros vor. Meine Füße waren verbunden und Eros wollte den Verband wechseln. Mein Gott Mama, war der erotisch. Das habe ich vorher noch nie erlebt. Ich war in mir gefangen. Eros fuhr einen Tag später mit mir in die Stadt und kaufte mir die richtige Ausrüstung und Schuhe. Als wir zurückfuhren, fragte mich Eros, ob er mir seine Hütte zeigen darf. Ich hätte fast alles für diesen Mann getan. Von außen sah es aus, wie eine normale Hütte, aber von innen war alles supermodern. Das kann man sich nicht vorstellen. Ja und da ist es auch passiert."

Tina schaute ihre Tochter erstaunt an, sagte aber nichts.

„Du kannst dir sicher vorstellen, was ich für ein schlechtes Gewissen, Bernd gegenüber hatte. Nicht nur die Sorge um dich. Ich wusste nicht, wie ich Bernd das beichten sollte. Das beschäftigte mich. Ich bin kein Mensch, der gleich mit anderen in die Kiste steigt. Am nächsten Tag wollte ich weiter. Eros erklärte mir, wie man die Ausrüstung handhabte. Als ich 30 Minuten gelaufen bin, merkte ich, dass ich mein Handy bei Eros gelassen habe. Als ich es abholte, war Eros sehr reserviert, da war mir klar, dass ich nur eine von vielen war. Schnell zog ich weiter. Meine ganze Welt war im Chaos. Eine halbe Stunde später traf ich auf eine ältere Frau, namens Elvira. Sie bot mir an, dass ich mich neben sie setzen kann. Das tat ich auch. Dann bin ich in Tränen ausgebrochen und ich erzählte ihr alles.

Sie hat mir, wegen dir ganz schön den Kopf gewaschen. Hat mir einiges erklärt. Sie ist 67 Jahre alt und lief zum 3. Mal den Jakobsweg. Sie lud mich ein, den Weg mit ihr zu laufen. Zwei Stunden weiter, zeigte sie mir einen Stein. Darauf stand:

»Erst wenn die Macht der Liebe die Liebe zur Macht überwunden hat, wird es Frieden auf Erden geben.«

Dieser Spruch brachte mich zum Nachdenken. Es kann der Frieden der Familie gemeint sein, nicht unbedingt der Erde.

Elvira sagte mir noch einen Spruch:

»Um Vergebung, Liebe oder Zufriedenheit zu erlangen, musst du dir zuerst selbst vergeben haben.«

Sie erzählte mir, dass dieser Jakobsweg Magie ist. Ich solle mitkommen und sie wird es mir beweisen. Wir schauten uns die alten Kirchen auf dem Weg an. Wenn du da drinnen bist, dann bist du Gott näher. Ich kann es dir nicht so genau beschreiben, es ist nur ein Gefühl. Umso näher wir

Santiago de Compostela kamen, umso intensiver wurde es. Dir wird klar, was du alles in deinem Leben falsch gemacht hast. Und du möchtest nichts mehr mit einer Lüge anfangen. Nur Ehrlichkeit zählt. Mehr braucht man nicht.

Elvira ist eine unglaubliche Frau. Ich bin sehr froh sie kennengelernt zu haben. Wir wollen auch in Kontakt bleiben. Ich würde ihr zutrauen, dass sie den Jakobs Weg noch einmal geht. Es kommt in dem Alter immer auf die Gesundheit an. Es gibt Steigungen, da weiß man später nicht, wie man das geschafft hat.

Aus diesem Grund habe ich meinen Seitensprung auch Bernd gebeichtet. Den Kindern habe ich auch nur eine Kleinigkeit mitgebracht, als ich es ihnen im ruhigen Ton erklärt habe, da haben sie es angenommen und waren zufrieden."

Tina sagte lange nichts, sie wollte ihre Tochter ausreden lassen. Das tat ihr auch gut.

„Deine neue Freundin Elvira scheint wirklich interessant zu sein. Das freut mich für dich, dass du zu dieser Erkenntnis gekommen bist. Was hat Bernd gesagt?"

„Logischerweise war er nicht begeistert. Er hat es mir verziehen und möchte an unserer Ehe festhalten. Ich war froh darüber, denn ich liebe Bernd von ganzem Herzen. Ist mir ein Rätsel, warum ich mich Eros hingegeben habe. Elvira kennt mittlerweile beide und sie weiß, dass Pepe schon mehrmals versucht hat, Eros unter die Haube zu bringen. Hat bisher nichts genutzt. Sein Argument: Ich kann nur eine Frau heiraten und all die schönen Frauen? Das bringt er nicht übers Herz. Pepe ermahnte ihn, keine zu schwängern. Was soll ich dir sagen Mama, ich hatte meine Regel ein paar Tage zu spät bekommen. Ich stand sehr viel Angst aus. Gott sei Dank ist nichts passiert.", schmunzelte sie.

Tina atmete auch tief durch.

„Mama, können wir wieder Freunde werden?"

Tränen schimmerten in Beates Augen.

„Ja mein Kind, das können wir."

Tina erging es nicht anders. Sie war sich sicher, noch einmal würde Beate so etwas nicht tun. Beide Frauen standen auf und vielen sich in die Arme. Nachdem sie sich beruhigt hatten, fragte Beate:

„Mama, dein Wohnzimmer sieht etwas anders aus. Wie kommt das?"

„Uschi lebt bei mir. Wir haben die Zimmer geteilt. Du wirst sie kennenlernen. Ich habe das notariell festschreiben lassen. Sie hat ein lebenslanges Wohnrecht. Auch wenn ich vor ihr sterben sollte."

Tina schaute ihre Tochter ernst an. Sie war gespannt, wie sie reagieren wird.

„Das finde ich sehr schön, Mama, so bist du nicht mehr alleine. Wie alt ist Uschi?"

„Sie ist genauso alt wie ich. Wir sind früher durch dick und dünn gegangen. Niemals im Leben dachte ich, dass wir uns einmal verlieren. Und das ist genau in unserer Studienzeit passiert. Wir studierten in verschiedenen Städten. Beide haben wir geheiratet, Kinder bekommen.

Das war ein tolles Erlebnis, als wir uns beim Friseur trafen. Ich bin dem Leben sehr dankbar. Werner hätte es auch gut gefunden."

„Ja Mama, Dad hätte das auch begrüßt. Mir fehlt er immer noch."

„Mir auch mein Kind. Ich würde gerne alles Geld hergeben, um ihn noch einmal zu sehen. Wenn Uschi kommt, können wir zum Essen gehen. Mir scheint, du brauchst etwas auf die Rippen. Ich habe dich etwas fülliger in Erinnerung"

„Ja es stimmt. Die Steigungen auf dem Jakobsweg haben mir teilweise zugesetzt. Das war nicht ohne."

„Ich hörte davon. Ein Grund warum ich diesen Weg niemals gegangen wäre."

„Ich glaube Arno wird mir noch böse sein.", meinte Beate.

„Glaube ich nicht, auch wenn er dir die rechtliche Lage erklärt hat."

„Erklärt ist gut, freundlich war etwas anderes." Dazu schwieg Tina.

Es dauerte auch nicht lange, und Uschi kam nach Hause. Sie freute sich, als sie sah, dass sich Mutter und Tochter wieder verstanden.

„Hallo ich bin Uschi, die verlorengegangene beste Freundin deiner Mutter."

„Ich bin Beate, von mir wirst du genug gehört haben."

„Von deiner Figur erinnerst du mich an meine Tochter. Gott hab sie selig.", schniefte Uschi.

„Ich hoffe, sie war nicht so ein Scheusal, wie ich."

„Ich kenne keine Scheusale.", schmunzelte Uschi.

„Nein, meine Tochter war kein Scheusal. Sie wurde leider nur 17 Jahre alt, es ist schon so lange her."

„Liebes, du warst auf dem Friedhof?"

„Ja da war es schön ruhig, nach Uwes Treffen, tat die Ruhe gut. Ich mag seine flippige Art, wenn es zuweilen auch anstrengend ist. Das ist ein lustiger bunter Vogel. Die Welt braucht solche Leute und er macht fantastische Fotos. Mittlerweile hat er Ausstellungen und das nicht nur in Deutschland."

„Beate du musst wissen, Uschi war eine bedeutende Fotografin. Du hast das Bild von Romeo in der Diele gesehen? Das hat Uschi fotografiert."

„Das Foto ist sehr schön geworden. So langsam bekomme ich auch Hunger, wollen wir gehen?"

„Uschi, ich sagte Beate, wenn du kommst, gehen wir Essen. Dabei kannst du uns von deinem Uwe erzählen."

Uschi musste auf einmal anfangen zu Lachen.

„Na dann kommt mal."

Sie kehrten bei ihrem Lieblings-Italiener ein. Sie bekamen einen schönen Platz zugewiesen. Tina war sehr neugierig, wie Uschis Treffen war.

Nachdem sie die Getränke bekamen, fragte Tina erneut:

„Wie war es nun mit Uwe, Uschi? Spann mich nicht auf die Folter."

„Du weißt ja wie unser Zusammentreffen auf der kleinen Lady war. So probierte er es heute wieder. Er ist nicht weit gekommen." Uschi konnte das Lachen nicht mehr zurückhalten.

„Der Arme Uwe. Beate, Uwe musste auf der Yacht so einiges von Uschi einstecken." Beate schmunzelte.

„Nö, so schlimm war es dieses Mal nicht. Er hat nur den Hang seine Umwelt wie Kinder zu behandeln. Da ist er bei mir an der falschen Adresse. Er musste lernen, dass auch ich etwas in meinem Leben erreicht habe. Nachdem er das begriffen hat, ging es sachlicher zu. Er nennt mich immer noch, »die Lady, die ihm Paroli geboten hat«. Jetzt hat er sich sogar etwas von mir angenommen, was er sehr gut fand. Ich gebe zu, ich bin gerne mit ihm zusammen. Man kann mit ihm auch mal Blödsinn machen. Wir lachen beide gerne."

„Höre ich da etwas mehr?", fragte Tina.

„Nein auf keinen Fall. Es kommt niemand an Kurt heran. Ich brauche so etwas auch nicht mehr. Hin und wieder einmal ausgehen, das ist in Ordnung. Was soll ich mit so einem Jungspund? Ich glaube, er will auch keine feste Beziehung."

Auf einmal musste Uschi sehr lachen.

Ich kann mir, ihn auch nicht als Partner irgendeiner Frau vorstellen. Er liebt vermutlich nur sich und seine Fotografie. Welche Frau, die nichts mit der Fotografie zu tun hat, will sich für Stunden im Wald ruhig verhalten? Das sind zwei Komponente, die passen einfach nicht.

Wie er mir erzählte, hatte er eine Flamme, für die er sich erwärmte, aber er müsste ihren Mund zukleben, wie er sagte, damit sie einmal still ist. Und ganz ehrlich, ein Mann mit Anfang 50 ändert nur schwer sein Leben. Uwe braucht seine Freiheit. So genug von mir, wie ging es euch. Habt ihr euch wieder lieb?"

Ja sprachen Mutter und Tochter zusammen.

„Beate hat mir von Elvira erzählt, die wohl den besten Zugang zu Beate fand." Beate schaute betreten zu Boden.

„Ja sie ist mir eine gute Freundin geworden. Sie wohnt auch nicht zu weit weg. Irgendwo im Vogelsberg."

„Beate," rief Tina.

„Ich würde Elvira gerne einmal kennenlernen. Ich fand ihre Lebensphilosophie sehr ansprechend. Wenn du möchtest, lade sie doch einmal zu uns ein."

„Das kann ich gerne tun. Moment, ich rufe sie an."

„Hallo Elvira, meine Mutter und ihre Freundin Uschi, würden dich gerne kennenlernen. Wäre dir das recht? OK ich sage es ihnen. Ich freue mich für dich."

„Gerne würde sie euch kennenlernen. Das geht allerdings erst in einer Woche. Ihr Sohn ist überraschend zu Besuch gekommen. Klar möchte sie Zeit mit ihm verbringen. Er wollte lange nichts von seiner Mutter wissen. Ich kenne die näheren Hintergründe nicht."

„Lade sie doch für nächsten Samstag ein, wenn es ihr recht ist.

„Ja das will ich gerne tun. Danke Mama, dass du es mir so leicht gemacht hast zurückzukommen." Sie gab ihrer Mutter einen Kuss. Uschi freute sich, als sie das sah.

„Du bist meine Tochter, nur Kinder müssen akzeptieren, dass die Eltern auch andere Wege gehen möchten.", lächelte sie.

„Und meiner gehört ganz sicher nicht in ein Seniorenheim."

Uschi meldete sich zu Wort:

„Nein wir sind noch nicht soweit. Wir können noch genauso wie früher herumblödeln. Auch wenn man älter wird, muss das Leben nicht tierisch ernst sein. Humor ist das Salz im Leben."

Tina und Beate stimmten ihr zu.

Elvira

Am kommenden Sonntag zur Kaffeezeit hatte sich Elvira angekündigt. Tina freute sich am meisten. Durch sie ist ihr eine große Last von den Schultern gefallen.

Es klingelte und vor der Tür stand eine kleine zierliche Frau mit grauen Haaren, vielen Falten und ein ansteckendes Lächeln.

„Guten Tag, ich bin Elvira und bitte, können wir uns duzen. Vor Gott sind alle gleich, ohne Titel und großen Namen."

Aber gerne erwiderten Tina und Uschi. Man begrüßte sich freundlich und Elvira ging auf Beate zu und nahm sie in den Arm.

Tina bat sie, im Speisezimmer Platz zu nehmen. Die Kaffeetafel war bereits gedeckt. Es roch nach Kaffee und frischen Käsekuchen. Nachdem alle saßen, und der Kaffee eingeschenkt war, begann Tina:

„Elvira, ich brannte darauf, dich kennenzulernen. Die Frau, die es schaffte, meiner Tochter den richtigen Weg zu zeigen."

„Och das meiste hat schon der Jakobsweg getan. Ich brauchte nicht mehr viel dazu tun. Das ist ein Weg der Magie, dem niemand entkommen kann und das ist gut so."

„Elvira, meine Tochter erzählte mir, dass du den Jakobsweg schon zum 3. Mal gelaufen bist. Wo nimmst du die Kraft her. Ich weiß, du bist nur ein Jahr älter als Uschi und ich."

„Das stimmt, man kann auf dem Weg seine Kräfte mobilisieren. Manche Tage pilgert man alleine, manchmal in einer Gruppe, oder man findet einen echten Wegbegleiter.", dabei schaute sie Beate an.

„Das stimmt Elvira, ohne dich hätte ich aufgegeben. Mit dir machte mir auch die größte Steigung nicht mehr viel aus."

Elvira tätschelte Beates Hand.

Elvira erklärte weiter:

„Die Pilger kommen aus allen Ländern dieser Erde und manchmal kann man sich nicht mit der Sprache verständigen, aber mit dem Herzen fiel das nicht schwer. Man braucht nicht immer Menschen um sich. Wenn man ganz alleine läuft, ist man mit der Natur eins. Man erkennt die bedingungslose Schönheit der Natur. Leider geht das bei einigen Menschen verloren."

„Übrigens der Kaffee ist sehr gut und auch der Kuchen ist ausgezeichnet."

„Danke erwiderte Uschi, den habe ich gebacken."

Alle drei hingen an den Lippen von Elvira. Sie erzählte weiter:

„Nicht der Titel, Name oder Wohlstand ist wichtig. Der Jakobsweg kennt nur Pilger mit Rucksack und Pilgerstock.

Auf dem Weg des Jakobsweges machte ich eine Reise durch mein eigenes Leben. Ich reflektierte, was wirklich wichtig ist. Das ist das Hier und Jetzt."

Elvira schaute sich um.

„Ich besaß auch einmal so ein schönes Haus, wie dieses hier. Ich verkaufte es, das meiste Geld spendete ich. Ein Teil bekam mein Sohn. Das war der Grund, warum ich lange keinen Kontakt zu ihm hatte. Er dachte, er wäre nun ein gemachter Mann, mit dem Reichtum von mir. Als er erfuhr, dass ich den größten Teil spendete, war ich nicht mehr gut genug." Dabei schaute sie Beate an.

„Ich versuchte die Sichtweise von Beate zu drehen. Sie hat selbst ein schönes Haus zwei reizende Kinder und einen Mann, der zu ihr hält. Ja sogar ihr den Fehltritt verzieh. Die Menschen müssen lernen mit dem zufrieden zu sein, was sie haben. Dann finden sie auch den inneren Frieden. Nur das ist wichtig, für die Seele. Wer mit sich im Reinen ist, dem stören auch die lauten Nachbarn nicht. Ach es gibt so viel Streit zwischen den

Nachbarn. Man sollte in sich gehen, und überlegen, ob es diese oder jene Aufregung Wert ist.

„Oh ja, davon kann ich ein Lied singen. Ich war Anwältin.", erwiderte Tina.

„Genau, wie ich erfuhr, musste mein Sohn erst den Jakobsweg gehen, bis er sich wieder bei mir meldete. Auch er spricht von einer Magie des Weges. Ich freue mich sehr, aber durch seine Haltung haben wir viele schöne Jahre versäumt."

„Tina, ich war tief beeindruckt, als du die zwei Gegenstände verkauft hast. Ich habe Beate gesagt, dass ich das Gleiche getan hätte."

„Heute habe ich das verstanden.", erklärte Beate. Uschi meldete sich zu Wort:

„Das stimmt, was hier alles gesagt wurde. Ich war tief verzweifelt, als meine Tochter starb, für mich so sinnlos starb. Und ja, ich war sehr wütend, dass der Unfallverursacher nur Bewährung bekam. Ich kann das heute gelassener sehen. Egal welche Strafe er bekommen hätte, das brachte mir meine Tochter nicht zurück. Heute kann ich ein glückliches Leben führen. Es fing schon gut an, als ich nach 40 Jahren meine frühere beste Freundin fand. Wir sind es auch heute, richtig beste Freundinnen. Erst jetzt habe ich meine eigene Wohnung gekündigt. Ich glaube wir haben noch viele schöne Jahre vor uns Tina, dafür danke ich dir. Ach ja, Elvira, ich wohne jetzt hier bei Tina. Ich habe meine eigenen Zimmer. Es klappt wunderbar.

„Mensch Uschi, ich bin genauso glücklich wie du. Wir sind ein klasse Gespann. Und wenn wir nicht mehr krauchen können, holen wir uns eine Pflegerin.", lachte Tina.

„Genauso machen wir das. Wir sind nicht umsonst »Die zwei Unbeugsamen« und die wollen wir auch bleiben."

„Ja Mama, dass sollt ihr auch bleiben. Britta und ich tragen es mit Fassung und Verständnis.", meinte Beate.

„Uschi, du weißt noch, als wie uns unterhielten, was unsere Wünsche sind. Ich sagte dir, einmal Oma sein. Das brauche ich nicht mehr, ich habe süße Enkelchen. Nachdem die Wogen geglättet sind, kann ich sie mir holen, wenn ich möchte." Dabei schaute sie ihre Tochter an.

„Ja Mama das kannst du jederzeit.", lächelte Beate.

Elvira meinte noch, wie schön sie diese Lösung findet.

„Wenn sich mehr ältere Leute zusammentun, gäbe es auch weniger einsame Leute."

„Elvira, du bist immer ein gerngesehener Gast bei uns."

„Danke Tina, aber wer weiß wohin mich der Wind treibt.", schmunzelte Elvira.

Am nächsten Tag ging alles wieder seinen gewohnten Gang. Tina überlegte sich eine weitere Reise mit Uschi. Nach einer Weile, kam Uschi mit verwuschelten Haaren und befleckter Kleidung ins Wohnzimmer.

„Ach Gott Uschi, was ist dir denn passiert?" Tina klang besorgt. Uschi verzog das Gesicht.

„Das willst du bestimmt nicht wissen.", schmunzelte sie.

„Erzähle."

„Ich hatte die Mülltüte und wollte sie in die Tonne werfen. Aber das Erste, was in die halb volle Tonne kam, war mein Autoschlüssel. Ich wollte etwas aus dem Auto holen. Mit müh und Not fand ich ihn. Ich musste kopfüber in die Tonne."

Dass tat Tina leid, aber sie konnte sich das Lachen kaum verbeißen. Das sah Uschi.

„Na komm schon Tina fühl dich frei und lache. Ich weiß doch wie das ist. Oder du wartest, bis du die ganze Geschichte gehört hast. Als ich unseren

Müll in die Tonne warf, viel mir der Hausschlüssel hinein. Ja ja, lach du nur. Den Hausschlüssel herauszufischen, war noch schwieriger. Das hat mir die Frisur versaut. Ich habe sonst die Schlüssel nie Separat, aber ich wollte sie an mein neues Etui hängen."

Jetzt mussten beide so sehr lachen, dass ihnen der Bauch weh tat.

„Uschi, du bist eine Show. Mit dir wird es nie langweilig. Ich freue mich auf die nächsten Jahre mit dir. Es ist so schön eine beste Freundin zu haben. Nun zieh dich um, ich mache uns einen Cappuccino."

Ende

Danksagung:

Herzlichen Dank an meinem Ehemann Karl, der alle Geduld dieser Welt mit mir hat. Er unterstützt mich zu jeder Zeit. Karl, ich danke dir und ich liebe dich.

Herzlichen Dank an Ursula Zebunke für so manche Anregung. Uschi, du bist klasse.

Vielen Dank an Silvia Schütz für das Bildmaterial für mein Buchcover.

Quellennachweis

Textauszüge von Wikipedia

Buchempfehlung:

Penelope Smith, »Tiere erzählen vom Tod«

Wie Tiere ihr Sterben erleben und den Weg ins Licht finden.

Unstillbare Abenteuerlust

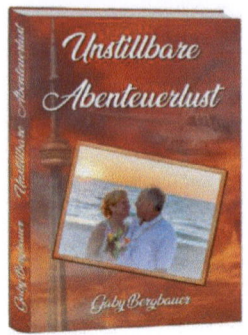

Rosi ist eine quirlige rüstige Rentnerin. Ihr Leben ist immer auf der Überholspur. Ihre Reisen dürfen nicht langweilig sein. Sie ist seit 7 Jahren Witwe. Sie trauerte drei Jahre und fing dann an zu leben. Sie hat zwei süße Enkelkinder, die sie über alles liebt, nur eine übliche Großmutter ist Rosi nicht. Als sie Robert kennenlernt reißt sie ihn mit. Er muss sein beschauliches Leben aufgeben, wenn er mit ihr mithalten will. Er ist seit 6 Jahren Witwer. Ihm gefällt das neue Leben, wenn es mit Rosi auch nicht immer ungefährlich ist. Die ehemalige Schmuckdesignerin möchte alles nachholen, was sie versäumt hat. Sie mag keine Clubreisen, wo alles vorgeschrieben ist. Sie möchte Land und Leute kennenlernen. Sie möchte Action pur erleben. Robert hat Mühe da mitzuhalten.

Ihr Sohn Manuel sorgt sich um seine Mutter mit ihren Eskapaden. Die Dynastie Weber hat ein Ruf zu verlieren. Und immer wieder ist Rosi in der Zeitung. Karin ihre Tochter ist sauer, sie hat Angst, dass ihre Mutter ihr Geld ausgibt. Dabei wurden die Kinder, als der Vater starb, ausbezahlt. Es kommt zu Konflikten. Damit befasst sich Rosi nicht lange, sie geht mit Robert ins Reisebüro und bucht die nächste Reise. Was hat sie mit dem Banküberfall zu tun? Im Louvre wird es brenzlich und in der Presse wird es breitgetreten. Wie wird ihr Sohn auf die neue Nachricht reagieren?

Der Preis des Reichtums

Romy ist mit Leib und Seele Lehrerin. Von Männern hat sie genug. Bis sie David, den gutaussehenden Investment-Manager trifft. Ab diesem Zeitpunkt gerät ihre Welt durcheinander. David macht ihr früh einen Heiratsantrag und möchte mit ihr nach Connecticut ziehen. Er will diese Frau nicht verlieren.

Das Herz von Romy ist mit dem Schwarzwald verwurzelt, sie willigt aber letztendlich doch ein. Romy ist hin und hergerissen von ihren Gefühlen. Sie merkt, dass David ihr Leben bestimmt und kann sich nicht dagegen wehren. Mit Daves vielen Geschäftsreisen, kommt sie nicht klar. So fällt sie immer öfters in Depressionen. Bambi ihr kleiner Hund ist ihr Seelentröster.

Ihre Freundin Sina bittet sie um Hilfe, sie betreut den 9-jährigen Jungen Jonas. Romy liebt Kinder und so hilft sie dem Jungen. Das holt sie zudem aus ihrer Depression. Ein folgenschwerer Brief setzt David in ein anderes Licht. Mit José aus Japan kommt es zur Katastrophe. Wie wird die Familie damit fertig.

Materiell hat Romy alles, doch der Preis des Reichtums erscheint ihr oft zu hoch.

Honigblüte am Strand

Gibt es die einzige wahre Liebe? Liebesromane bejahen es. Kann man es an ein paar Zeilen ausmachen? Was ist, wenn der Alltag Einzug hält? Wie beständig ist die Liebe dann noch? Große Philosophen haben versucht, die Liebe zu beschreiben. Es ist ihnen nicht wirklich gelungen. Liebe ist nicht greifbar, man kann sie nicht sehen. Sie ist nicht messbar. Passt sie in einen Roman? Wie lange schreibt man einen Roman? Ein Jahr? Sechs Monate?

Liebe wird beschrieben, als die stärkste Zuneigung und Wertschätzung die ein Mensch dem anderen entgegenbringen kann. Ein starkes Gefühl und darin liegt der Knackpunkt. Liebe ist ein Gefühl, nicht mehr und nicht weniger. Ein Gefühl ist eine Emotion, die als psychologisches Phänomen zu sehen ist, dass durch die bewusste oder unbewusste Wahrnehmung eines Ereignisses oder einer Situation ausgelöst wird. Das kann sowohl Angst, Ärger, Komik Ironie, oder auch Freude und Liebe bedeuten.